12'50 €

Azok

GRAN ANGULAR

# Hoy honramos a los vivos

MARINA AGUIRRE

sm

PREMIO GRAN ANGULAR 2025

**fundación sm**

**La Fundación SM destina los beneficios de las empresas SM a programas culturales y educativos, con especial atención a los colectivos más desfavorecidos.**

Si quieres saber más sobre los programas de la Fundación SM, entra en **www.fundacion-sm.org**

LITERATURA**SM**•COM

Primera edición: abril de 2025

Dirección editorial: Berta Márquez
Coordinación editorial: Paloma Muiña
Dirección de arte: Lara Peces
Cubierta: Sandra Rilova


Impresores, 2
Parque Empresarial Prado del Espino
28660 Boadilla del Monte (Madrid)
www.grupo-sm.com

ISBN: 978-84-1182-915-1
Depósito legal: M-4187-2025
Impreso en España / *Printed in Spain*

El papel utilizado para la impresión de este libro está calificado como papel ecológico y procede de bosques gestionados de manera sostenible.

*A los jóvenes que toman decisiones,*
*aunque las teman.*

I was in the lifeboat, but you wouldn't get in
I threw you a lifeline, but you wanted to swim
Oh, you wanted to swim
I was in a lifeboat, you were lost in the waves
Hard to understand why you don't wanna be saved
No, you don't wanna be saved.

*Saving a life*
James Blunt

Lesya, 17 años

«Como casi todos nosotros, no pensaba demasiado en el futuro. Daba por hecho que estaba ahí para hacer con él lo que quisiera», declara su amiga Eva.

Desde muy pequeñita, Lesya demostró ser una niña cuidadosa y muy sensible. Ya con siete años hizo de la natación su afición principal, aunque no le gustaba participar en competiciones.

«Era tan perfeccionista que no habría querido sobrevivir con algún tipo de minusvalía», declara su madre desde Madrid.

No tuvo suerte con sus hogares: su casa familiar y el internado donde residía durante el curso escolar fueron destruidos con pocas semanas de diferencia. No llegó a terminar el primer curso de bachillerato. Sus antiguos compañeros dicen que no tenía nada claro qué grado universitario escoger.

En los últimos meses, vivía en una residencia para estudiantes universitarios.

La bomba que la mató cayó a las ______ del día ____________ .

Hoy la honramos a ella.

#honramosanuestrosmuertos

Tiempo de uso: siete horas y veintiocho minutos.

No le deseo mi cerebro ni a mi peor enemigo.

Si hubiera podido, habría vivido en bañador.

Tenía una adicción al teléfono.

Su madre, que no la conocía para nada, declaró a la prensa: «De pequeña, Lesya era una niña encantadora, muy cariñosa. No vamos a saber qué hacer sin ella».

«No imaginábamos que vivía en un sitio así», comenta su padre.

Ni a mi peor enemigo.

Borro las últimas líneas de prueba y dejo mi panegírico deslavazado, mostrando a esa chica que se supone que soy yo. Esto será lo que se publique el día que por fin me caiga una bomba encima. Con toda probabilidad, no tardará mucho. El suelo acaba de vibrar. Alguien que no viva en Liuv, un habitante de París, Nueva York o Tokio, podría creer que solo es el metro que pasa bajo los edificios. Pero aquí no hay trenes subterráneos. Esto es una ciudad pequeña. Aquí los pies saben reconocer cuando, lejos, ha caído una bomba.

Al levantarme de la cama, lo haré con delicadeza, como si estuviera pasando por encima de los cuerpos que han quedado sin vida.

Mi cerebro no permitiría otra cosa.

Con lo que les gustaba a mis profesores el contenido de mi cabeza y la de veces que me lo dijeron. Recuerdo el tono de admiración con el que me felicitaban. Por la facilidad con que se me quedaban las poesías de rima fácil, las fórmulas de Matemáticas, las melodías insulsas de clase de Música. Por mi incapacidad para cometer una falta de ortografía, un error en el cálculo.

No sabían que me aterraba más lo que mi cerebro pudiera hacerme que cualquiera de los castigos con los que ellos amenazaban a mis compañeros menos dotados. «Dote», como la de una novia, como si fuera algo bueno. Medidas poco educativas, como copiar cien veces una frase.

Ja, prueba a pasarte una noche entera cerrando los ojos y viendo proyectada contra la pantalla del interior de los párpados esa cagada que hiciste. Sesión de cine gratuito y en bucle. No cien veces, sino mil o más. Eso sí es un castigo.

Porque mi cerebro no olvida nada: ni las poesías ni las fórmulas ni las melodías. Ni, sobre todo, los errores.

Tampoco otras cosas: pensamientos indómitos, indeseables, y tan nítidos como la fórmula de la ecuación de segundo grado. Apareciendo cuando les da la gana.

Algunos ejemplos de cosas que a mi cerebro le gusta recordarme (edición actualizada de los últimos meses):

La foto mostrando lo que quedaba de nuestra casa después del bombardeo. Se congela la imagen, se desenfoca, y entonces solo veo las palabras del wasap de mi madre debajo. «Mira lo que ha pasado. Te llamamos cuando podamos, recuerda que no tenemos *roaming*».

*Roaming, roaming, roaming.*

En mi cabeza, la bomba que destruyó nuestra casa suena como la que destruyó el internado. La primera no la oí, ni la sentí. Nuestra urbanización quedaba demasiado lejos, en las afueras de la ciudad.

La segunda, la que nos dejó sin colegio, la viví más de cerca. Fue entonces cuando mis pies aprendieron a reconocer la vibración del suelo. Hasta ese momento, todo había sido sonido: las sirenas de las alarmas, los gritos de pánico, los pasos atronadores que hacían eco en el refugio antiaéreo, y las voces distorsionadas por las emociones y la distancia.

Cuando al fin cayeron las bombas, no sonaron tanto.

El sordo rumor de una caracola en tu oído. De un trueno lejano.

Pero mis pies lo supieron.

Y mi cerebro también. Y lo archivó.

Solo el móvil me calma.

Cuando el ruido en mi cabeza atruena, la pantalla me ofrece un escape. Es como dejar salir el aire del interior de un globo por un pequeño agujero, del tamaño justo para aliviar la presión en su interior sin que explote. Conforme hago *scroll* pantalla abajo, un nudo se afloja en mí. Me deslizo por el tobogán de las publicaciones. TikTok, Instagram, todo me vale. BeReal si tengo el *feed* al día en las otras. Tampoco me importa pasar sobre lo mismo una y otra vez. El desgastado chiste reinterpretado por diferentes creadores de contenido que se sienten originales. Eternos vídeos de perritos rescatados y felices. *I'm going home* sonando sobre imágenes a cámara lenta de militares americanos que regresan a casa tras meses de misión. Anuncios aleatorios que se cuelan entre medias, intentando hacerte creer que son lo que quieres ver.

Internet está vacía.

A veces, cuando en la residencia se ponen de acuerdo para ver una película en la pequeña sala de cine compartido, me doy cuenta de que no soy la única que se siente así. Parece que en el momento en que los habitantes de la resi deciden abandonar sus habitaciones, lo que buscan es sentir el calor de compartir una historia. Eso persigo yo, al menos, hasta que me encuentro mirando el teléfono desde no sé cuándo. He perdido el hilo del argumento y, al levantar la mirada para tratar de retomarlo, en la sala en penumbra distingo otras muchas espaldas encorvadas y caras iluminadas en azul.

Internet está tan vacía que es capaz de expandir su hueco hasta tu cabeza.

Quiero pensar que al menos yo estoy contribuyendo a llenarla, aunque solo sea un poco.

Piotr, 20 años.

Piotr estudiaba Comunicación Audiovisual en la universidad.

Su madre nos cuenta que tenía mucha ilusión puesta en un trabajo a tiempo parcial en la cadena de televisión local con el que esperaba poder pagarse un año viajando por Europa. Empezaba en septiembre.

Piotr hacía amigos con facilidad. En el instituto formaba parte del equipo de natación, con el que había ganado varios trofeos. En verano trabajaba como socorrista en las piscinas locales. Para él era muy importante sentir que con una de sus pasiones podía ayudar a los demás.

Huérfano de padre desde los siete años, tenía una hermana mayor por parte de madre.

Hoy, como todos los días, #honramosanuestrosmuertos

Tiempo de uso: ocho horas y cincuenta y tres minutos.

He elegido a Piotr porque lo conocía. Coincidí con él en el campeonato nacional de natación de hace dos años, cuando yo acababa de entrar en mi categoría. Participé por primera y última vez, obligada por mi entrenadora. Él era uno de los mayores, cursaba su último año de instituto, un tritón con un aura dorada que no se apagaba dentro del agua. Si cabe, brillaba aún más cuando trepaba por las escalerillas de la piscina y las gotas resplandecían sobre su cabello rubio.

Era de un insti modesto, no demasiado alejado de nuestra casa, pero ubicado en un barrio muy distinto. Yo disfrutaba de una piscina privada en la urbanización, y otra olímpica en el internado. El equipo de Piotr entrenaba en un polideportivo antiguo, donde dos calles separadas por corcheras amarillas estaban siempre reservadas para los jubilados.

Eso no impidió que se impusiera en todas las carreras que disputó durante aquel campeonato: cuatrocientos metros libres, mariposa, relevos. Por la noche, con su sonrisa deslumbrante reflejando el brillo de las medallas que colgaban de su pecho, estrechó la mano de todos los demás participantes.

Eva dijo que no pensaba volver a lavársela.

Por un instante me planteo enviarle la necrológica. ¿Le importará todavía?

Podría compartir con ella las noticias que leí sobre la muerte de Piotr en los periódicos locales, cuando había tenido tiempo de hacerme a la idea. Porque ya había escuchado los tres audios que me envió su madre. En el último, lloraba.

Habría tardado mucho más en escucharlos si no hubiera adjuntado una foto de su hijo. Odio que me envíen mensajes de voz:

la muerte de pronto se hace demasiado cercana, el sonido del llanto anega mi teléfono cuando lo reproduce. Casi temo que lo pueda estropear, que, de alguna forma, las lágrimas se abran camino entre los circuitos y los colapsen.

Cuando empecé en esto, era yo la que buscaba las historias, los muertos.

Inauguré el perfil de Instagram el día que bombardearon el internado, hace tres meses. Encerrada con otros noventa adolescentes en uno de los refugios antiaéreos habilitados por el centro escolar, que no era otra cosa que las salas de calderas donde hasta poco antes nos estaba vedado el paso. Mi clase coincidió en el polideportivo con un grupo del último curso y otro de los más pequeños. A todos nos juntaron allí abajo. Muchos lloraban.

Yo no. Convencida de que iba a morir en breve, mi cerebro se aferró a una obsesión: que los muertos que aquel día hubiera, de los que conocería nombres y apellidos, darían la vuelta al mundo en un titular anónimo –«89 víctimas en Liuv», por ejemplo–, que se sumarían a las noticias internacionales: «Más de 3.000 civiles fallecidos desde el inicio del conflicto». «Y ahora, demos paso a los deportes».

Y entonces creé el perfil.

Aquel día hubo solo tres muertos. Tuvimos suerte: la bomba cayó sobre el edificio de dormitorios en plena hora de clase. Las necrológicas oficiales no se publicaron hasta el día siguiente, pero yo hice mi primer *post* por la noche.

Anton Kovalenko tenía catorce años y esa mañana se encontraba mal. Decidió quedarse en su habitación y le costó la vida.

Los dos siguientes los publiqué esa misma semana. Ganna, la conserje, y Sara, una de las señoras de la limpieza.

Y después ya no pude parar. Uno de los vecinos de casa, militar, cayó a los pocos días en el frente oriental. Aquel hombre me regalaba manzanas de su huerta cuando era pequeña. El obituario que publiqué sobre él, que no sé cómo llegó a su viuda, recibió más de cien visitas en pocas horas. Sus hijos lo compartieron.

Me hicieron una entrevista en el periódico local. Respondí a sus preguntas, pero les pedí que no revelaran mis datos ni publicaran una foto mía.

Y la gente me comenzó a escribir: mensajes tímidos, prudentes, pidiéndome que por favor honrara a la familia de tal o cual persona que acababa de morir. Porque los humanos somos tan estúpidos como para matarnos los unos a los otros. Como si no tuviéramos bastante con el cáncer y los accidentes de tráfico. A veces, me llegaban historias largas cuyo dolor traspasaba la pantalla: madres, hermanos o hijos que no sabían cómo conjurar la pena y la rabia al mismo tiempo. Otras, eran mensajes más comedidos: los que pedían que arrojara algo de luz sobre conocidos que habían dejado una huella en ellos, esos cuya ausencia se nota, aunque no nos arrase la vida. Un profesor del año anterior, el médico que te trató bien, el cajero que te sonreía a diario.

Publico cuatro veces a la semana, a veces cinco. Historias no me faltan. Cada día recibo tres o cuatro candidatos. Además, también hay quien me escribe sobre los maltrechos supervivientes. Estos los descarto, por terribles que sean las consecuencias de sus heridas, y leo los demás con detalle. Redacto todos los obituarios que me piden, todos y cada uno de ellos, y los voy guardando en un grupo de wasap en el que solo estoy yo. Los dosifico en mi *feed*, uno tras otro, dejando el tiempo suficiente entre medias para que sus historias calen. Para que importen. Que su nombre se oiga. Y lo seguiré haciendo hasta que se publique el mío.

Escribo la historia de una niña de siete años que me está costando mucho más que el resto. Poco tiempo le ha dado a vivir y, sin embargo, su madre me ha escrito cuatro largos párrafos tan terribles que me planteo si no copiarlos directamente en la próxima publicación. No es habitual tanta claridad y sentimiento. La he buscado en Google y he visto que es maestra en un colegio. Acostumbrada a hablar a los niños, y ahora, sin niña a la que hablar.

*Plin*. Las notificaciones que me avisan de que tengo un correo electrónico suenan distintas de las demás. El globo aparece en la pantalla; es de mi padre, su correo semanal. Deslizo el dedo por la pantalla. Eliminado. ¿Nunca se cansará?

El estómago me ruge y me recuerda que hace demasiadas horas que estoy sentada delante del móvil, releyendo las mismas líneas una y otra vez. Decido hacerme algo de cena.

Cada planta de la residencia tiene su propia cocina, una instalación enorme pensada para cuando el aforo esté completo, con veintiocho habitantes por piso. En el mío, ahora mismo solo nos alojamos nueve. La cocina se antoja desproporcionada cuando estamos todos, y todavía más en una tarde de viernes como hoy, en que seguro que estaré sola: el resto de estudiantes, todos mayores que yo, suelen salir por ahí los fines de semana. Un vano intento de mantener la normalidad.

Recorro el pasillo enmoquetado y sé que me he equivocado antes de entrar: del interior de la cocina sale ruido de cacharros.

–Buenas noches –saludo desde la puerta. Mi voz suena pastosa, culpa de no usarla.

–¡Lesya! ¿Cómo estás, niña?

La última palabra me molestaría si no saliera de labios de Iryna.

«Iryna, 24 años. Recién acabados sus estudios de veterinaria, trabajaba como camarera mientras buscaba una oportunidad en su campo. Su mayor deseo era abandonar la residencia de estudiantes donde vivía mientras cursó la carrera para instalarse en una casa con jardín y llenarla de perros».

Así sería su obituario, más o menos. A veces no puedo evitar ir redactándolos en mi cabeza. Por si acaso.

Pero por ahora, Iryna está viva, y mucho.

–¡Marchando el doble de fideos! –anuncia. Me quejaría si no fuera porque ya los ha echado en la olla y, además, sus recetas están siempre deliciosas. O porque, si tengo que buscar yo una, igual tardo tres cuartos de hora en comparar las diez distintas que aparecen en internet. Nunca tengo claro si es mejor echar tres o cuatro huevos para medio kilo de harina en el bizcocho. O si el guiso lleva cebolla o cebolleta. Cosas así que me dejan de nuevo anclada en la pantalla.

De los nueve estudiantes con los que comparto el piso, ella es la más maternal de todos, y la mejor cocinera. Los demás oscilan entre la simpatía y la completa indiferencia.

–¿No trabajabas hoy? –le pregunto. Me sirvo un vaso de agua, a ver si me aclaro la boca, y me siento en la mesa de comedor que tenemos al fondo mientras ella cocina.

–Sí, pero pedí un cambio de turno –Iryna no desvía la vista de la olla mientras me contesta. El vapor le está rizando el pelo oscuro alrededor de la cara–... porque esta tarde tenía una entrevista.

«Cuando estaba emocionada, la voz le temblaba y sonaba algo más aguda de lo normal».

–¿Y qué tal ha ido?

Sé que sonríe por cómo se mueve el borde de sus pómulos, que levantan sus orejas.

–Bastante bien, la verdad. Las preguntas más técnicas me las sabía todas. Creo que buscan alguien para poner vacunas y dar pastillas. Y solo es una baja de maternidad, pero estaría bien tener ya algo en el currículo.

–A ver si tienes suerte.

Eso, en estos días, quiere decir muchas cosas.

«Consigue el trabajo y que no te maten entretanto. Por favor».

Iryna sirve los fideos y me coloca el plato delante. Huelen a soja y a sal. Busco un par de cubiertos en un cajón en el que no todo parece limpio, y me pongo de pie.

–Gracias.

Ella se sienta en un taburete libre.

–Ni se te ocurra volverte a tu habitación a pasarte otras tres horas mirando el teléfono. Hoy cenas conmigo y me cuentas tu día, o yo te cuento el mío. Había un loro ingresado muy mal hablado.

«Cuando decidía algo, nadie podía llevarle la contraria».

Vuelvo a ocupar mi sitio, y no me arrepiento. La charla con Iryna también me desconecta bastante el cerebro. Ojalá tener alguien con quien hablar en cualquier momento.

En mi bolsillo, el móvil no deja de vibrar. Ya lo leeré luego.

Zoya, 7 años

Ojalá no hubieras sido tan maravillosa
que me hiciste querer otros hijos.
Tus hermanos, que siempre lo serán
aunque no te conozcan, ni te recuerden.
Tus hermanos, por los que ahora temeré
porque sé lo que puedo perder.

Zoya quería ser bailarina.
Hoy la honramos a ella y a la vida que no tendrá.
#honramosanuestrosmuertos

Tiempo de uso: siete horas y treinta y dos minutos.

El sábado por la mañana toca colada. Desmonto mi cama y, como todos los días, pienso en qué diría mi madre si viera que mi colchón actual es la mitad que el que tenía en casa. De ancho y de grueso.

Por suerte, mi cerebro considera que hacer la colada es un proceso relajante. El tacto acogedor de las sábanas ablandadas por el uso, la sensación crujiente de las limpias.

En el internado, un batallón de limpiadoras nos cambiaba las sábanas para que no tuviéramos que preocuparnos de nada. En la lujosa residencia universitaria que mi padre ya tenía localizada desde que empecé el bachillerato, más de lo mismo.

Pero aquí te tienes que buscar la vida. Y eso incluye que alguien te enseñe cómo usar lavadoras industriales (Iryna, cuando yo estaba recién llegada) y que, de vez en cuando, te salga la ropa con un enganchón. O que una prenda destiña y estropee todo lo demás.

Una prenda, o un peluche como el que voy a lavar ahora.

Sí, tengo un peluche. Un rinoceronte azulón que me ha acompañado desde la cuna, hasta que marché al internado. Entonces lo dejé sobre mi cama porque, con doce años, me dio vergüenza que alguien pudiera enterarse de que todavía dormía con él. El rinoceronte era tan famoso en mi entorno infantil que Anna, nuestra cocinera, lo encontró entre las ruinas de nuestra casa bombardeada y me lo mandó a la residencia en cuanto tuvo la dirección. Lloré al recuperarlo, lo que no hice por nuestro hogar destruido, y, tantos años después, volví a dormir con él. Su peso contra mi pecho me ayuda a conciliar el sueño. Y que alguien se atreva a decirme que es cosa de niños.

Pero está cochambroso, realmente sucio, y ha llegado el momento de lavarlo. A falta de una etiqueta con indicaciones de la que no queda ni un recorte, busco en internet peluches similares e investigo si son lavables. Pasada media hora sin resultados concluyentes, lo añado al montón con las sábanas, un par de vaqueros y camisetas, y bajo a la lavandería.

Como estoy en el sótano, el *feed* de las redes no se actualiza. Aprovecho para intentar leer algunos de los mensajes del día, que ya están descargados en los chats. Tengo cinco solicitudes de conversación nuevas. Meto toda mi ropa en una de las lavadoras, añado el detergente genérico de la resi y pulso el botón de inicio de la máquina antes de abrir la primera conversación.

Y me quedo helada.

«¿Acaso mi muerto no es tan bueno como los de los demás, zorra?».

El insulto se queda estampado en mis retinas. Es la tercera vez que me pasa, que alguien no quede conforme con lo publicado o con los plazos de la publicación. En su caso, subiendo en la conversación, compruebo que el mensaje es de una mujer que me envió un texto hace diez días. Él había muerto en el servicio militar. No lo publiqué porque no tenía claro que ella tuviera una relación con él. Más bien parecía lo que diría la persona enamorada de una idea. Un enamoramiento arrebatado, pero no correspondido.

Nunca se habían dirigido a mí con tanta violencia.

A riesgo de que alguien secuestre mi rinoceronte de peluche en mi ausencia, salgo de la lavandería y subo al jardín de la residencia. En cuanto recupero la conexión a internet, bloqueo la conversación. Me tiemblan las manos.

Y hago algo absurdo: llamo a mi madre.

–Lesya, cariño, ¿cómo estás?

«Su voz sonaba como un arrullo: suave, acogedor, pero vacuo».

–Bien, mamá. Lavando la ropa, como todos los sábados –respondo intentando disimular el temblor de mi voz–. ¿Vosotros?

–Bien, cielo, nosotros bien. Papá rodando en el nuevo trabajo, esta es su tercera semana. Ya ha cobrado y todo. Yo ando preparando la mudanza. Va a ser un alivio salir del hotel y volver a tener nuestra propia casa, aunque suponga tener que comprar todo el mobiliario nuevo. Te mandaré fotos, ¿vale?

Ya ni siquiera me pregunta cuándo me pienso unir a ellos en Madrid. No es como mi padre. A ella, algo de lo que digo le cala.

Yo escucho su verborrea. Me la puedo imaginar: a buen seguro está sentada en la terraza del hotel de cinco estrellas donde se alojan desde hace meses. Lo he visto tantas veces en otros lugares del mundo que mi cerebro no tiene dificultad para recrearlo: una mujer joven y muy rubia, guapa, pecosa, con unas gafas de sol gigantes que le cubren media cara, con un vestido camisero de hilo color beis. O un pantalón negro y una impecable blusa blanca. Ese rollo.

–Mamá –la interrumpo, porque la lavadora estará a punto de acabar y no estoy tranquila–. ¿Alguna vez te han llamado zorra?

Mi madre calla un momento. «Jamás salía de su boca una palabra malsonante». Eso diría su obituario. Estará tratando de recomponerse a la sorpresa de que le haga una pregunta tan directa. Normalmente solo tocamos temas inofensivos. Somos dos expertas en esquivar sentimientos.

–Claro que sí, Lesya. Unas cuantas –susurra al fin. Creo que nunca la he oído hablar tan bajo–. ¿Quién te ha insultado?

–Una desconocida –confieso–. No quiero que me importe, pero me he quedado tocada. Lo siento, es que lo tengo muy reciente y me ha salido sin pensar.

–No, no, no te disculpes por eso. Es esa persona quien debería disculparse. Sea lo que sea, se trata solo de una manera de intentar desacreditarte, ¿te queda claro?

Por una vez, no siento que el hecho de que no pregunte más detalles sea por falta de interés. En esta ocasión, mi madre está tendiendo un espacio para que yo lo llene con palabras si quiero. Y no quiero. Demasiada intimidad por hoy.

–Vale, gracias.

–Te quiero, bebé –se despide. Cuelgo muy rápido, porque siempre usa las mismas palabras y yo nunca me siento capaz de responderle.

Vuelvo a la lavandería. Justo a tiempo: la máquina está pitando. Saco toda la colada. Bien, nada está desteñido y mi peluche aparece sano y salvo. Meto la cara en una de las sábanas, agradeciendo la frescura perfumada con los ojos cerrados. Cojo todo el aire que puedo, a ver si ese filtro es capaz de purificarlo. Luego, meto la ropa en la secadora, salvo mi rinoceronte. Este se sube conmigo al jardín, y lo coloco en un banco, sentado junto a mí. Que se vaya secando al sol.

–Nos hace falta coger vitamina D –le susurro.

Saco el móvil de nuevo: necesito leer los mensajes del día, pero temo que haya algún otro tan violento como el de antes. Primero rondo un rato por Instagram y BeReal, hasta que me decido. Venga, hoy solo tengo seis historias. Una de ellas, en audio y fotos, la veré más tarde.

Otros dos mensajes van directos a la basura: uno es de publicidad y el otro busca seguidores para su página.

Y el quinto mensaje es muy breve, demasiado para ser una historia.

Lo tengo que leer varias veces para poder darle crédito:

«Piotr no era como lo cuentas en tu necrológica. Y no murió así. Lo sé porque yo lo maté».

Tiempo de uso: ocho horas y nueve minutos.

Mi cerebro se obsesiona con ese mensaje. Las tres últimas palabras resuenan una y otra vez en mi cabeza, como el eco de una canción pegadiza. A ratos, le agradezco que haya eclipsado por completo el disgusto que tenía por el insulto previo. Pero la mayor parte del tiempo simplemente querría librarme de él.

Un pensamiento obsesivo no está siempre en la misma parte de tu cabeza: se mueve por ella, como una migraña. Rebota contra tu frente un rato, nublándote la vista, machacón e insistente. Se expande en el centro de tu cabeza si le prestas atención, inflándose como un pez globo que lo ocupa todo. O, si la vida reclama tu atención, se precipita hacia el fondo, hacia la nuca, donde se pasa el rato llamando a la puerta, pidiendo volver a la primera fila.

Esta vez, el móvil no logra distraerme. Pese a mis intentos de perderme en la red, me encuentro volviendo a él una y otra vez. Lo releo. Abro el perfil del chico que lo ha enviado: su género y su nombre son todo lo que desvela: Ilya, seguido de los dibujos de una jeringuilla, un corazón y un barquito. Su cuenta es privada. La foto de su perfil muestra un adolescente en lo que parece la cubierta de un velero.

Cuando las tres palabras me agotan, intento reflexionar sobre el resto del mensaje.

«No era como lo cuentas».

Claro que no. Porque no lo cuento yo, lo cuenta su madre, y ella qué va a decir.

Pero las palabras de Ilya me suenan injustas. Nadie es como sus padres lo ven, mucho menos un adolescente. Seguro que Piotr hizo cosas malas, como las hacemos todos. Cosas que ocultamos en casa para que no se preocupen o no nos abronquen. Pero ¿qué derecho tiene este Ilya a cuestionar así el testimonio de una madre devastada? Digo yo que todos tenemos derecho a una necrológica en la que se muestre lo mejor de nosotros. Y a que nadie ose decir lo contrario sobre alguien que ya no se puede defender.

Repasar las cosas que yo misma he hecho mal resulta una sorprendente vía de escape para mi cerebro. Eso me hace pensar en Eva. La Eva que le estrechó la mano a Piotr en el campeonato de natación.

La amiga de la infancia fiel, cuyo mayor fallo fue tener unos padres que se la llevaron consigo cuando decidieron abandonar el país en busca de seguridad para ellos y sus dos hijas.

Soy consciente de que Eva no tiene la culpa de que sus padres no sean como los míos, aunque sean amigos entre sí. Que ella no tuvo voz ni voto en la decisión de salir de aquí, ni en la de buscar asilo en Praga. Que ella y su hermana, como todos, lo han pasado fatal, y que lo mejor que pueden hacer es lo que hacen: construir su vida desde cero en otro lugar e intentar no mirar atrás.

Y por eso me reconcome sentir ingentes cantidades de resentimiento contra ella. Envidia, celos... Se le pueden poner muchas palabras a la rabia que me invade cuando veo sus *posts* en redes. Y cuando me escribe. Porque Eva nunca me ha dejado de escribir, no se ha dado por vencida ante mi silencio o las respuestas monosilábicas que sí apagaron rápidamente la amistad que me unía con Vlad, nuestro otro amigo del internado. Vlad y su familia están en Budapest y supongo que entre ellos siguen en contacto, aunque Eva nunca lo menciona. A cambio, se esfuerza casi a diario por demostrarme que me tiene en mente.

Qué distinto sería mi obituario si lo hiciera Vlad o si lo hiciera ella.

«Fue incapaz de ceder a su orgullo y su tozudez», podría decir él.

«Pasaba malas temporadas, pero no por ello su amistad dejaba de valer la pena», escribiría mi amiga.

Abro wasap y me voy a la conversación con Eva. Como siempre, la he dejado en acumulado durante un par de semanas. Tengo tres audios y dos fotos. Le doy al *play* y su voz dulce suena en la habitación.

«Hola, Lesya, ¿cómo estás? Aquí bien, pero mañana tengo examen de Matemáticas y estoy muerta de miedo. Si ya se me daban mal en casa, imagínate ahora que las clases son todas en inglés».

El mensaje sigue durante un rato. Sé que me cuenta nimiedades para llenar mi día, para recordarme que otra vida es posible. Pulso el segundo audio. Este trata sobre el chico que le gusta, y con el que no sabe qué hacer. Él la ha invitado a salir y ella no está segura. No hace falta que me recuerde que aquí tuvo una relación desastrosa con un tío que la quería controlar a todas horas, y que quedó escarmentada. El último audio habla sobre la cita que tuvieron. Su voz suena emocionada y me inunda de alegría.

Al menos tendré algo que agradecerle a este Ilya: me decido a escribir a Eva. Al fin y al cabo, ella es la única persona que sabe lo de mi cuenta de Instagram.

«Hola».

Tras un momento de reflexión, escojo no comentar nada sobre sus audios. Han pasado diez días desde el último. Si no me interesó lo suficiente para escucharlo en su momento, tampoco lo quiero fingir ahora.

«Hola!!».

Una oleada de agradecimiento me recorre el cuerpo. Supongo que vivo con el miedo eterno a que un día Eva se harte de mi desidia y decida no responderme nunca más. Me lo merezco.

«He recibido un mensaje raro en la cuenta», digo. Directa al grano.

«Cuenta».

Escribo, borro y vuelvo a escribir. Al fin, decido enviar un audio. Quiero contarle lo de Ilya, pero me encuentro hablando sobre el otro mensaje, el del insulto. Le confieso que se lo he contado a mi madre, y luego, al fin, le hablo de Piotr. Le pongo en situación antes de nada; el comentario sobre el tío que declara ser su asesino acaba ocupando los últimos cinco segundos de un audio de siete minutos y medio.

El mensaje se pone en doble tic azul de inmediato. Yo lo escucho de pe a pa, a medias para comprobar que se me entiende, a medias siguiendo lo que calculo que Eva estará escuchando en cada momento. Así se me hace más breve la espera.

Apenas lo he acabado cuando me entra una videollamada. Suspiro. Estoy encerrada en mi habitación, para variar, tengo el pelo sucio y la persiana bajada. La subo a toda prisa y respondo con los ojos entrecerrados por la luz repentina.

–A ver, vayamos por partes –dice Eva en cuanto su cara se enfoca. Sin saludo ni nada–. De lo primero, me sumo a lo que te ha dicho tu madre. Ni le des más vueltas. De lo otro, estoy flipando...

Su voz se apaga.

–Recuerdo a aquel chico. Tenía un *crush* terrible con él. Qué pena, tía, y qué rabia más grande.

No se extiende más. ¿Qué me va a decir ella a mí, que vivo en la zona atacada?

–En cuanto al tal Ilya... ¿por qué no le escribes?

–¿Porque dice ser un asesino?

–Sí, pero no. Hay algo que no cuadra: parece que quiere hacer justicia, ¿no? Al fin y al cabo, te está diciendo que las cosas no fueron como tú las has contado. Si de verdad lo mató él, ¿qué interés tendría en que se sepa? ¿Qué mejor que una historia pública que le exima? Yo creo que habla de forma metafórica, o que quiere contarte algo.

–Confesar, dirás.

–Dices que parece de nuestra edad.

–Vete tú a saber de cuándo es esa foto. Lo mismo es su hijo.

–No creo que vaya a ser un asesino. Es un grito de ayuda ese mensaje, tía.

Ella siempre piensa bien de la gente. Quiere estudiar psicología. Sus intuiciones suelen ser correctas, y mi cerebro la escucha: mi instinto ahora me dice que escribir al tal Ilya es lo correcto. En cuanto lo considero, afloja la tensión. Le escribiré, él me responderá, y así sus palabras se diluirán en una conversación que no me obsesione tanto.

–Veré lo que hago.

–Y me lo cuentas –me responde con una sonrisa enorme. Ay, Eva–. ¿Has escuchado mis audios?

Solo ella podría hacerme esa pregunta sin ponerme a la defensiva de inmediato.

–Sí –le digo.

Y entonces la conversación se embala, ella empieza a hablar, y yo me dejo llevar, y nos reímos juntas como si nada hubiera pasado, como si siguiéramos en el internado y Eva no estuviera en otro país, y yo no notara que el suelo ha temblado bajos mis pies dos veces en lo que dura la conversación.

«"Estaba hablando con ella cuando cayó la bomba", cita una amiga cercana. "Al menos puedo decir que murió riendo"».

Eva es la que tiene las claves de la cuenta para publicar mi necrológica si eso sucede.

Cuando el corazón me avisa de que volver a la realidad me va a doler en exceso, nos despedimos. Llevamos casi dos horas hablando.

Entonces abro la conversación con Ilya y me quedo mirando el cursor.

Tiempo de uso: siete horas y dieciocho minutos.

Ilya no responde hasta el día siguiente.

«Piotr no era como lo has contado en tu necrológica. Y no murió así. Lo sé porque yo lo maté».

«Buenas tardes, Ilya. Espero que este sea tu nombre real. Me gustaría saber a qué te refieres con esas palabras tan enigmáticas».

Dos horas más tarde:

«Hola. No creo que sean enigmáticas para nada».

Vaya con el tío duro.

«Hombre, no dices algo así si no quieres que te pregunten», replico a toda velocidad. Me da que Eva va a tener razón. Pero la siguiente respuesta de Ilya, que tarda tres cuartos de hora en llegar, me descoloca.

«Te escribí en un arrebato de rabia».

«¿Entonces no es cierto?».

Esta vez tarda menos en responder.

«Es cierto que no era como lo pintas».

«¿Y que tú lo mataste?».

Silencio.

«Indirectamente».

«¿Así que no eres un asesino?».

Se me ha escapado. Ilya se piensa mucho la respuesta.

«Homicidio involuntario, podría ser».
«Exponga su defensa, letrado».

Ilya escribe y borra. Borra y escribe. Mientras se decide, me doy una vuelta por TikTok. Al parecer, está de moda secarse el pelo con un colador para imitar el efecto del difusor. La de cosas que se pueden aprender en las redes.

Sin embargo, y como casi siempre que alguien escribe y borra mucho, la respuesta que llega es breve y decepcionante.

«Preferiría contártelo en persona. Las redes no son lo mío».

«¿No te han dicho que no debes quedar con gente que conoces en internet?».

«Claro, y menos todavía si te están diciendo que han matado a alguien».

No lo puedo evitar, me río. El tío me cae bien.

«¿Cómo sé que no eres un psicópata de cincuenta años?».

«Puedes darle a seguir en mi perfil, te acepto, y verás que no tengo cincuenta años».

Me vuelvo a reír. Y le doy a seguir. Puede que esté loca, pero no sé si alguna vez he sentido una emoción como la que se ha asentado en mi estómago. Este podría ser un buen momento para que me cayera una bomba. Divertido, alegre.

Ilya acepta la solicitud y navego de inmediato por su vida resumida en una cuadrícula de fotos. Sí que es el tío que se ve en su perfil: unos veinte años, pelo pincho pajizo, ojos sorprendentemente oscuros en una piel tan clara. Los dientes descolocados, sin que lo afeen. Tampoco es que sea guapo, pero sonríe mucho, en múltiples instantáneas. Al lado de una adolescente morena, por encima de un libro con pinta de tostón académico. Manejando el timón de un barquito, nadando en el mar. Reconozco las playas y el puerto deportivo de nuestra ciudad.

«Los asesinos también hacen todas esas cosas», me recuerda con amabilidad mi cerebro.

«¿Y tú?», escribe de pronto.

«¿Yo qué?».

«Que si tienes cincuenta años».

«No».

«¿Eres chico o chica?».

Me doy cuenta de que él está mucho más a ciegas que yo. Imprudente o temerario. También de que no ha leído la entrevista anónima que me hicieron en el diario local.

Quizá solamente esté aburrido.

«Chica. ¿Por qué le propones quedar a alguien de quien no sabes nada?».

«Sé que te importa hacer justicia. Si no, no tendrías esa cuenta».

Sus palabras son ciertas, aunque nunca me las haya planteado así. Me gusta cómo suena, verme reconocida. Y, para qué negarlo, también la sensación de control sobre la situación que me está dando el hecho de saber más de él que al revés.

«Podría hacerte algo», insiste mi cerebro.

O podría caer una bomba sobre la residencia y que esta cita a ciegas me salve la vida, vete tú a saber.

Mientras me lo pienso, Ilya ha seguido escribiendo.

«El caso es que me intriga tu perfil. Tienes una ocupación nada común, y yo, pocas ocasiones de hablar con gente interesante. Supongo que me van las emociones fuertes».

Le siguen tres emoticonos sonrientes. Y entonces remata:

«Además, ¿quién sabe? Quizá quedar contigo me salve la vida. No tenemos ni idea de dónde va a ser el siguiente ataque».

¿Me ha leído la mente? Le dejo en visto cinco horas.

Luego, respondo.

«¿Hora y lugar?».

## Tiempo de uso: nueve horas y dos minutos

En cuanto llego al punto de encuentro, con la playa a la vista, me doy cuenta de que he cometido un grave error.

Es media hora antes de la cita con Ilya, en parte porque me gusta llegar con tiempo a los sitios, y en parte porque he calculado fatal lo que iba a tardar en llegar hasta el paseo marítimo.

Quizá porque mi cerebro me ha estado engañando desde hace meses, desde que dejé de nadar, el mismo día en que me trasladé a la residencia. La piscina del internado estaba vacía cuando me fui, llena de escombros. La local, cerrada.

¿Qué sentido tenía seguir nadando? Sin piscina donde entrenar durante horas. Mi cerebro habló claro: «No tienes opciones, mejor será que no te apetezca. El mar, que nunca te ha gustado, con su agua salada, su arena rasposa, queda lejísimos. No te merece la pena ir».

Solo que resulta que el mar no está tan lejos. Lo cierto es que he tardado veinte minutos en llegar a paso ligero. Tal vez me engañaron los recuerdos infantiles de largos paseos estivales, eternos para mis piernas cortas. O a lo mejor solo fue que mi cerebro pasaba.

Pero ahora, a la vista del agua, lo único que me apetece es sumergirme en ella. Cuando la brisa salada me revuelve el pelo, la orilla me llama. Me descalzo, nunca he soportado la arena en las zapatillas, y piso la playa. Mi pie se hunde en la arena tibia que lo abraza. Un paso, otro, cosquillas entre los dedos de los pies y en el estómago. Hay bastante gente, familias que mantienen la normalidad, que gritan y toman el sol y se queman como salchichas a mi alrededor, pero apenas las aprecio mientras avanzo. La marea está baja y la arena se vuelve dura y fría antes de que las primeras olas me besen la piel.

Y he aquí otro error: no he traído ropa para el baño. Me tengo que contentar con meter las piernas hasta las rodillas y evitar que los niños a mi alrededor me salpiquen los pantalones cortos.

Permanezco así un instante, escuchando el sonido de la normalidad.

Y luego regreso, porque es la hora de mi cita.

El tal Ilya me espera sentado sobre la valla, junto a los contenedores de reciclaje, el único sitio que, al parecer, ambos conocíamos. Lo veo antes de que él se percate de mi presencia. Aprovecho para estudiarlo: alto y espigado, tirando a desgarbado. Está tostado por el sol, que le ha vuelto el nacimiento del pelo casi transparente. Pelo rubio que se revuelve de vez en cuando mientras mira a ambos lados, a la espera.

Al fin, me acerco por su espalda.

–Hola. ¿Eres Ilya?

–¿Lesya?

Se baja de un salto de la valla y se vuelve hacia mí. Me gusta haberle pillado desprevenido. Cuando me ve, su cara es un carrusel de emociones. Sorpresa, desconcierto, incredulidad.

–¡Pero si eres una niña!

–¿Perdona? Tengo diecisiete años. ¿Cuántos tienes tú?

Una oleada de vergüenza se le sube a la cara. Ya no es color arena, ahora más bien tomate cherry.

–Aparentas menos, discúlpame.

Extraño contraste el de su voz, a un tiempo cantarina y titubeante.

–Responde a la pregunta –le apremio.

–Diecinueve –responde, mirando al suelo, a los contenedores, a todas partes menos a mí. Se frota el pelo. Seguro que el rubor le llega por debajo del cuero cabelludo.

–¿Es que esperabas otra cosa?

–Aaaaaah, ¡no sé! ¡Pensaba que serías mayor que yo!

La situación me divierte más de lo que quiero reconocer. Una grieta se abre en mi pecho, una sensación que no recordaba. Veo el reflejo de mi cara en la suya cuando su boca se tensa por la comisura. Antes de darme cuenta, los dos estamos riendo a carcajada limpia.

–Vaya raro que eres –digo al fin. Espero que no se note la práctica que me falta al reír–. ¿Y ahora te está dando un espasmo en el brazo?

Ilya me mira; luego, a la mano con la que está haciendo señas muy poco discretas. Como obedeciendo una orden muda, su brazo se dobla por la mitad y vuelve a rascarse la cabeza.

–Le estoy diciendo a mi padre que se marche –confiesa. Me vuelvo y veo a un hombre sentado en un banco cercano, mirándonos. Es joven, muy moreno, con una barba oscura y cerrada y una coleta. Al ver que ambos le miramos, se pone de pie y se aproxima.

–Soy Oleg –se presenta–. Perdona la intromisión, pero no le iba a dejar venir solo, aunque ya sea mayorcito.

Oleg me gusta de inmediato. Me estrecha la mano con firmeza y sus ojos se arrugan alegres.

–La verdad es que yo te había imaginado mayor también –confiesa, sin pudor de reconocer que ha escuchado toda nuestra conversación. Enseguida se despide de Ilya–. Te veo en el puerto luego.

Y se aleja con paso ágil.

–Perdona lo del guardaespaldas.

–Es encantador –respondo.

–¿Tú no has venido con nadie?

Niego con la cabeza. Él vuelve a parecer descolocado.

Y ahí se nos acaba la conversación. Al cabo de un minuto de silencio, Ilya echa a andar y yo le sigo. Escribo a Eva para decirle que todo bien. Bajamos de nuevo hacia la playa y caminamos bordeando la orilla. Él se mueve por la arena con mucha más seguridad que yo. Ahora el sonido del mar ya no me resulta agradable y relajante: más bien como una interferencia que no me va a dejar oír lo que sea que este chico ha venido a decirme.

–Bueno, ¿me vas a hablar, o no? –ataco al fin, de frente–. No sé bien de qué vas.

Según lo digo, me doy cuenta de que es cierto. Si tuviera que escribir una necrológica sobre Ilya, no tendría ni idea de por dónde empezar. Su mirada de soslayo no concuerda con el aplomo con que se ha reído. Ni su manera de escribir en el chat, directa, casi agresiva, con la mano que sigue buscando seguridad entre su propio pelo.

–¡No es tan fácil! Pensé que me iba a ser más sencillo.

–Será lo mucho que te impone mi presencia –respondo, buscando refugio en la ironía.

Me siento en la arena, y él lo hace también a mi lado.

–No es eso. Es raro. Para empezar, todavía estoy flipando con que una chica como tú...

–Por favor, especifica lo de «como tú».

Para mi sorpresa, se detiene y lo valora.

–Pareces el tipo de persona que no tiene problemas.

Se me escapa una carcajada seca.

–¿En qué se basa esa opinión?

–En la marca del polo que llevas, en el montón de pulseritas en tu muñeca y en la forma de recogerte el pelo.

–¿Ahora resulta que eres detective, Sherlock?

Se encoge de hombros.

–Veo mucha gente. Hago prácticas en un hospital.

–Pues tengo muchos problemas –le rebato, sin preguntarle más por su vida. Pero sé lo que está viendo. A la Lesya de hace unos meses–. Empezando porque quedo con gente chunga que he conocido en internet y que dicen que son asesinos.

La segunda mano de Ilya se reúne con la primera en su cabeza. Se tapa la cara.

–Yo no dije eso –gime.

–Dijiste que lo mataste. ¿No es lo mismo?

–Sí y no. Quise decir que fue culpa mía.

Sus manos regresan a su regazo y repiquetea sobre las piernas. Lleva buen ritmo. Un, dos, tres. Un, dos, tres...

–¿Por qué no empiezas por el principio? –me apiado de él.

–Lo intentaré, gracias –murmura. Quiere estar en cualquier sitio menos aquí. Pero él se lo ha buscado, ¿no?

–A ver. Sigo tu cuenta desde hace tiempo. Casi todos en la ciudad lo hacen, yo creo. Bueno, supongo que de fuera también te seguirán, pero casi siempre publicas a gente de aquí...

–Sí, no es ningún secreto.

–Bueno, pues eso. El caso es que, cuando leo lo que escribes, lo doy por cierto. Los lectores se lo creen, no tienes ningún motivo para mentir. Sin embargo, cuando vi lo que habías escrito sobre Piotr... Era la primera vez que conocía a la persona retratada, y no encajaba para nada con lo que yo sabía de él. Y me entró un desasosiego, como una inquietud. Necesidad de hacer justicia, creo que ya te lo dije.

–Lo comentaste, sí.

Ilya se pasa las manos por la cara y se la frota, arriba y abajo, una, dos, tres veces: las tiene llenas de arena, así que se la deja toda roja. Algunos granos pegados en los rubios pelos de las cejas, casi más claros que la piel.

Mi mano ya busca el contenido del bolsillo trasero de mi pantalón cuando se lanza.

–Mira, lo soltaré de golpe. Ese tío me hacía *bullying* en el insti. No es el caballero andante que has pintado, aunque todo el mundo parecía creerlo también cuando estaba vivo –habla rápido, del tirón–. E igual te parece superrastrero que me ponga a hablar mal de alguien que está muerto, pero es que me destrozó la vida. Y eso me lo quedo para siempre.

Suspiro. Me esperaba algo así.

–No escribo para contar las cosas que la gente hizo mal –digo con suavidad. Le doy vueltas en la mano al teléfono–. No soporto a los *bullys*, pero... nadie querría que se le recordara por quién era con quince años, ¿no crees? Precisamente, escribo porque nos quitan la oportunidad de crecer para demostrar quiénes somos en realidad. A Piotr se la han arrebatado. Y es injusto.

–Sí que lo es. Pero... las cosas malas que la gente hace no se borran de repente porque los maten.

Hay demasiada amargura en sus palabras. Cierro los dedos sobre el móvil. Mi mano aprecia su peso sereno.

–Piotr nunca tendrá tiempo de reflexionar sobre lo que hizo. Ni de disculparse contigo –suspiro–. Te toca vivir con ello y seguir adelante.

¿Te dices tú esas mismas palabras, Lesya, o vives anclada en el pasado?

Ilya tuerce la boca.

Frente a mi cara, el móvil se desbloquea automáticamente.

–Ese es el problema.

–¿A qué te refieres?

Tengo dos mensajes nuevos.

–A que no puedo seguir adelante tan fácilmente. Porque es culpa mía que esté muerto.

También tengo treinta comentarios en la publicación de Piotr. Voy dando al corazoncito rojo.

–Me encontré con él. No lo había vuelto a ver desde el instituto, hacía dos años. Incluso desde antes, porque el último curso ya no coincidimos en clase, y me dejó en paz. Pero yo no había olvidado todo lo que me hizo, lo que me dijo.

–¿Por qué se metía contigo? –intento mantener el hilo de lo que me está contando.

–¿Hay que tener un motivo?

Me encojo de hombros. Elimino dos comentarios que son claramente *spam*.

–Oleg es mi padre adoptivo. Se casó con mi madre cuando yo era pequeño, y tuvieron otra hija. Siempre me ha querido como si fuera propio. Pero eso a Piotr no le valía, no lo entendía. Era su tema favorito –calla un instante, o quizá más rato–. Cuando lo vi, había cambiado mucho, ya no parecía tan... triunfal como lo recordaba. Estaba pálido, ojeroso. Él me reconoció en cuanto me vio. Yo a él no, tardé un momento en ubicarle. Y entonces no sé qué me pasó. Creo que fue el hecho de que reculó. ¡Se asustó de mí! Como si yo fuera un fantasma, una presencia venida del pasado para recordarle lo malo que había sido. Entendí lo que hace que te crezcas, la sensación de poder que te provoca maltratar a alguien: cuando él se acobardó, yo... no sé por qué, pero me entró una furia enorme. Todo lo mal que lo había pasado salió de mí como una bomba.

–¿Le golpeaste?

–Qué va. No he pegado a nadie en mi vida. Estoy estudiando Medicina, ¿sabes? Por eso hago prácticas en el hospital. Yo quiero curar, no herir. No, le grité. Empecé a insultarle, a echarle en cara todo lo que me había hecho. Le dije lo mucho que lo odiaba. Me había amargado la existencia. Le deseé... le deseé lo peor –murmura. Da mucha pena escucharle. ¿Por qué me tiene que tocar a mí oír esta confesión? Salto por el tobogán de TikTok.

–Y él se echó a llorar. Y luego, a correr. Y yo le seguí, insultándole, con toda la rabia de la que fui capaz. Tanta, que se metió corriendo en una casa que tenía el portal abierto y me cerró la puerta en las narices. Y entonces oí los aviones. La alarma no había sonado.

No hace falta que diga nada más. Ya sé cómo acaba esta historia.

–Corrí y me puse a salvo junto a un coche. De la casa no quedó nada. Siete muertos.

Se hace un silencio. No sé de cuántos segundos. Es Ilya quien lo rompe:

–Oye, ¿vas a dejar el teléfono?

–Te estoy escuchando.

–Pues... perdona que te lo diga, pero no lo parece.

No, lo que parece es que soy una maleducada. De sobra lo sé.

Mi padre ha colgado un estado de wasap con la foto de un plato con pinta de estar muy crudo y ser muy caro.

Sé que Ilya tiene su mirada clavada en mí, sus palabras todavía pululan a mi alrededor. Y, sin embargo, me doy todavía un par de minutos para procesarlo. Al fin, bloqueo el teléfono, sin soltarlo. La oscuridad de la pantalla contrasta con los ojos luminosos de este chico. Le miro, le esquivo. En la orilla siguen jugando niños.

–Yo lo conocía –me oigo decir de pronto.

Ilya pega un respingo. No sé si le ha sobresaltado que hablara de repente o las palabras en sí.

–¿A Piotr? ¿De qué? –susurra.

–Lo vi en un campeonato regional hace unos años. En el polideportivo Lípol. Ganó varias medallas.

–Tres: cuatrocientos metros libres, mariposa, relevos. Oye, me estoy quemando la nuca, vamos a movernos.

Ilya se incorpora levantando un remolino de arena. Mi pelo, el móvil, todo acaba salpicado de granitos rasposos, y encima se pone a caminar tan deprisa que no me deja ni tiempo para sacudírmelos. Reprimo una sonrisa ante su obvia maniobra de distracción.

–¿Quién es el que se acaba de evadir de la conversación?

Mis palabras le clavan en el sitio hasta que lo alcanzo. Solo me responde con un gruñido y media sonrisa culpable.

Me cae bien. Devuelvo el teléfono al bolsillo trasero. Por ahora.

–¿Estabas en ese campeonato? –resoplo mientras le sigo por la arena empinada hacia el asfalto. Tregua.

–Sí. Llegué el último en todas las carreras que participé y lo dejé poco tiempo después.

Alcanzamos el paseo. Lanzo las zapatillas al suelo y me limpio los pies a manotazos. Los meto en las zapatillas sin llegar a atar los cordones para evitar el roce de la arena que no logro quitarme. Él, sin embargo, se calza con parsimonia. Una, otra, se saca la primera y se la vuelve a poner. Agradezco el suelo firme, pero también echo en falta ya la presencia del mar.

–Oye, yo... –balbuceo.

Otra vez se recoloca el pelo.

«¿Parecía que se peinaba, pero en realidad intentaba ordenar sus ideas?».

–Ah, ya sé lo que te pasa.

Mi certeza lo desconcierta.

–No contabas con que yo también lo conociera, ¿no es eso? Buscabas alguien a quien soltarle tu pequeña confesión para librarte de ella. Una desconocida a la que hablar sobre un desconocido. Un plan perfecto.

Me contempla espantado.

Pero no lo niega.

Vaya par de desastres.

–Tampoco digas eso... –balbucea.

¿Lo he dicho en voz alta? Miro la pantalla. ¿En qué momento lo he vuelto a sacar?

Entonces Ilya hace algo que me desconcierta todavía más. Con suavidad, coge el móvil de mis manos y teclea en él. Ni siquiera reacciono, solo aguardo. Hay algo en su presencia que me hace confiar.

–En este momento, no sé bien cómo gestionar esta conversación –admite, y me lo devuelve–. Pero vengo aquí si tengo tiempo libre. Mi padre tiene un amarre con un velero ahí en el puerto. Te dejo mi número. Si te parece, si te hace falta, ¿hablamos otro día?

¿De qué va este tío?

Para cuando miro el nuevo contacto guardado, Ilya está lejos.

Y ahí me quedo, mirando la pantalla, pero, por una vez, sin deslizar.

## Tiempo de uso: cinco horas y cuarenta minutos

Internet te hace creer que lo tiene todo. La información del mundo entero al alcance de tu mano. Lo que la humanidad ha podido saber hasta ahora, todo junto, preparado para inyectarse en tu cerebro de la forma más visual posible.

¿Sabías que, si mezclas en un bol maíz, taquitos de aguacate, mango y rúcula, tienes una ensalada fresquita y llena de vitamina C, ideal para el verano?

¿Sabías que conocer los colores que mejor te sientan puede hacer que nunca más parezcas cansada?

¡Te presentamos una hora de datos curiosos y cosas que desconocías!

¡Pasa tres minutos de tu vida observando cómo se congela una pompa de jabón en Laponia! Tus antepasados nunca pudieron soñar con contemplar semejante espectáculo.

O dos horas en Google Earth. No necesitas ir a Nueva York para saber qué hay en la esquina de Bedford con Grove.

Y no leas ni veas películas. ¿Para qué? Te contamos cómo acaban esas obras maestras que todo el mundo dice conocer, pero a las que nadie ha dedicado una hora de su vida.

Una y otra vez.

Internet lo sabe todo de todos.

O casi.

Porque de Ilya Chelnokov, sabe bien poco.

Y mira que lo busco. Miseria, eso es lo que encuentro.

Su nombre en las listas de admisión de su instituto hace cuatro años. Y en las de la universidad pública hace tres. Facultad de Medicina.

Y ya.

–Mujer, ¿qué miras con tanta insistencia?

–Ostras, ¡que susto! No os había visto.

He entrado en la cocina en busca de un vaso de leche, tan concentrada en mi investigación sobre este tío que no he visto a Iryna. Está sentada en la mesa común con otra chica de nuestra planta, Kateryna creo que se llama, desayunando.

–Eso es porque te pasas el día pegada a la pantalla –me sonríe Iryna–. Anda, vente y desayuna algo en condiciones.

Alcanza un cuenco y lo llena de cereales. No me deja protestar: mi vaso de leche acaba volcado sobre los copos de maíz y mi mano libre ocupada con una cuchara.

–Tienes los ojos enrojecidos –comenta–. ¿Se puede saber qué estás mirando?

Se asoma a la pantalla demasiado rápido para esquivarla.

–Uyyyy, un chico. ¿Quién es? –se acoda frente a mí al lado de la otra chica y las dos me contemplan, a la espera.

No puedo contarles la verdad. Al menos, no toda.

–Un tío que he conocido por internet.

–¿Estás loca? –salta Kateryna–. Perdona, no te conozco, pero pareces muy joven para andar ligando *online*...

–Teníamos conocidos en común.

Es la verdad, y parece calmarla.

–¿Te gusta? –pregunta Iryna. Espero a tragar un bocado demasiado grande de cereales. Los estoy engullendo a toda prisa porque no soporto que se pongan blandos. Si ella no los hubiera preparado por mí, habría ido vertiendo la leche poco a poco, al ritmo que los como.

–Ni me lo planteo. En realidad, me descoloca un poco.

–¿Por?

–Estoy acostumbrada a... –busco las palabras–. Suelo ser capaz de hacer un perfil certero de la gente.

Es una manera de decirlo. Me acabo el cuenco de cereales. Iryna lo coge para fregarlo y también me aparta el teléfono, poniéndolo fuera de mi alcance.

–¿De qué os conocíais? –pregunta Kateryna.

–Coincidimos en un campeonato de natación hace unos años. Me contactó por redes y quedamos en la playa.

–¿Y quién nadaba más rápido?

–No, si no nadamos...

–Espera, espera –me corta Iryna–. ¿Me estás diciendo que, por primera vez desde que te conozco, te has aventurado hasta la playa y no te has metido en el agua? Dime que no fue por no poder llevarte el móvil.

–¡No! –salto. Pero me pesa la pregunta. Porque podría ser–. No, solo que no iba preparada. No llevé bañador.

Iryna resopla.

–Pues sí que te interesaba el tío.

–¿Vas a volver? –Kateryna me salva.

–¿A verlo?

–No, a la playa.

–No sé.

–Uy, ya lo creo que sí –dice Iryna abriendo el grifo–. Di que vas a volver, Lesya, o meto el móvil en el fregadero.

No me cuesta nada aceptar su propuesta.

## Tiempo de uso: seis horas y doce minutos

¿Sabías que el agua del mar puede estropear los circuitos electrónicos de tu móvil, aunque lo dejes sobre la arena a varios metros de la orilla?

Por si acaso, compro una funda estanca, un sobrecito transparente. Y también un falso bote de crema solar, para guardarlo discretamente. Me daría algo si me robaran el teléfono en la playa.

Porque vuelvo a ella solo dos días después.

Salgo de casa pronto. Es entre semana, por la mañana, está nublado, y esta vez apenas hay gente, lo que me viene de perlas. Sobre todo, porque mi cerebro ha encontrado una nueva obsesión desde que ayer me probé ante el espejo el bañador que hacía tanto que no me ponía. La tela rosa, elástica y con el corte alto en las caderas, que delataba mi condición de atleta, pregona ahora que llevo meses comiendo mal. Se clava sobre la piel blanda y rellena. Acusa la forma redondeada de una tripa que no tenía desde que era una niña. Evidencia la ausencia de músculos.

«Estás gorda», repite machaconamente, hasta que el agua arrastra las palabras.

En cuanto me alcanza las rodillas, salto bajo una ola. Poco fondo, mucho impulso, estampo la cara contra la arena. Y la carcajada que se me escapa me hace tragar un borbotón de agua salada. ¡Puaj!

¿Sabías que, si te acabas de beber un trago de agua verdosa con trocitos de algas, el aire fresco sabe de pronto dulce?

No se está quieta esta superficie a la que puedo acusar de que mis brazos se cansen antes de lo esperado. Cuando braceo con energía y me encuentro con que no he avanzado. Cuando las olas me bambolean sin piedad.

Pero mi cuerpo reconoce el medio, y se relaja, y yo nado y nado, aunque no haya meta, hasta que los dedos se me arrugan y el cerebro se me alisa.

Hasta que sé que, si no paro, mañana no podré nadar. Y mañana pienso volver.

Salgo para descubrir que mis brazos no son lo único que se cansa: mis piernas no pueden casi ni arrastrarme. Al menos las nubes tienen la delicadeza de retirarse.

El móvil sigue en su sitio, menos mal. Abro el wasap y busco el chat de Iryna.

Foto trasera de la playa, foto frontal de mi rostro enrojecido y con el pelo apelmazado.

«Cómo me alegro», me responde de inmediato.

Me dejo caer en la toalla. Si cierro los ojos, el mundo se vuelve naranja, luminoso.

Entonces tengo una idea. Doble.

Vuelvo a wasap y reenvío las mismas dos imágenes: primero a mi madre, que de inmediato responde con varios emoticonos. Sonrisa, ojos de estrella. Una fila de corazones.

Y entonces no lo resisto: cojo la primera imagen, la de la playa, abro Insta y se la reenvío a Ilya.

Quiero saber lo que no hay en internet. ¿Qué es lo peor que puede pasar?

## Tiempo de uso: Seis horas y quince minutos

«¿Te apetece quedar algún día?».

«Claro, si no te ha espantado mi historia...».

«No te compadezcas tanto. Todos necesitamos alguien que conozca nuestros peores secretos».

«Pues entonces no estamos en igualdad de condiciones».

«¿A qué te refieres?».

«Tú sabes mi gran secreto y yo no sé nada de ti».

«Sabes que llevo la cuenta de @honramosanuestrosmuertos».

El aviso de un correo electrónico interrumpe la conversación. El mensaje semanal de mi padre.

–¡No!

Lo he abierto por accidente, la notificación ha aparecido justo encima de lo que estaba escribiendo a Ilya y la aplicación se abre en pantalla completa.

Ahí está, una vez más. En el asunto solo pone «billete». En el cuerpo del mensaje, nada de nada. Adjunto, el billete de avión que me podría sacar de aquí y llevarme con ellos.

Lo borro. Es más fácil de eliminar cuando solo es un pequeño globo en la parte baja de la pantalla. Aquí, durante unos segundos, el correo me da la opción de volver atrás, de recuperar el mensaje. Seguro que ni la inteligencia artificial se explica lo que acabo de hacer.

La primera vez que mi padre me envió un billete de avión, fui al aeropuerto. Sucedió dos semanas después del bombardeo del internado. Ya no había clases. Mis compañeros se habían desperdigado. Algunos, como Eva, reclamados por sus familias, reubicados en otros países. Otros regresaron a las casas de sus padres y buscaron alternativas para seguir con su educación. Los institutos locales los acogieron para que pudieran continuar con el curso.

Yo acababa de llegar a la residencia mientras mis padres hacían las gestiones para que me reuniera con ellos en Madrid. Recuerdo las primeras noches, los intentos desesperados de hacer una tortilla en la cocina. No aquellas planchas esponjosas y con los bordes duros de huevo quemado. Una simple tortilla que me comía la moral, día tras día.

Y llegó el billete para el avión, con una larga lista de indicaciones añadida por mi padre y que me volvieron a repetir por teléfono. Metí las tres cosas que me quería llevar en mi mochila escolar: una muda, mi peluche, cargador del móvil. Le dejé la llave al conserje y salí.

Los dos autobuses que tuve que tomar para llegar al aeropuerto, atestados, no ayudaron. Comenzaba a hacer calor. Asientos estrechos, tapizados en granate. El codo de la señora de al lado, que se me clavaba en las costillas en las curvas a la derecha. La bolsa de plástico que la mujer me dio cuando notó mi malestar. Su mano fría retirándome el pelo de la cara mientras me retorcía en arcadas en el hueco entre mi asiento y el de delante.

Agradecí aquella simple bolsita, que tenía pinta de ser de las que usan para recoger las deposiciones de los perros, porque impidió que montara un estropicio y lo pusiera todo perdido de vómito. Sin embargo, desde ahí, todo lo demás parece una película. Estuve allí, pero lo viví como si no fuera mi vida. Sucedía, solo que no a mí. Yo solo lo veía pasar: los cientos de viajeros apresurados en el recibidor del aeropuerto, las tiendas iluminadas en exceso. Los guardias de seguridad que me miraban con sospecha. Mi rinoceronte en sus manos, revisado en busca de drogas. El arco de seguridad.

Cuando lo crucé, creo que ya sabía que no me subiría al avión.

Y, sin embargo, seguí. Esperé dos horas sentada en el suelo al lado de una cafetería. Contemplé familias risueñas. ¿Irían de vacaciones? Hombres de negocios. Muchas lágrimas.

Había una diferencia entre nosotros: ellos sabían lo que hacían, lo que harían. Yo no. No veía nada más allá de la puerta de embarque al inicio de una cola que yo remataba.

No recuerdo pánico, aunque supongo que lo sentí.

Simplemente, no me subí.

Una azafata encantadora recogió el billete de mi mano congelada.

—No me puedo subir —dijo mi voz.

—¿Viajas sola? —ella comprobó mi edad, la mínima legal para viajar sin compañía—. ¿Tienes miedo? No te preocupes, es muy habitual.

Bajó el comandante y me explicó que las condiciones meteorológicas iban a ser buenas. También cómo funcionaba un aeroplano.

Esperaron hasta el último momento para cerrar la puerta.

El avión tenía las puntas de las alas curvadas hacia arriba. Lo miré desde la cristalera y pareció que despegaba despacio.

Cuando lo perdí de vista, volví a la resi.

No di explicaciones. ¿Qué iba a decir? En esta sociedad no se entiende un simple «no puedo».

Mi padre no me habla desde entonces. Pero me manda un billete de avión. Cada semana.

Y como no sé cómo reaccionar, yo lo borro.

Cierro el correo y en la pantalla queda de nuevo la conversación con Ilya.

«Dijiste que tú también nadabas, ¿no? Podemos vernos en la playa».

«Bien».

«¿Te parece esta tarde?».

No. Demasiado pronto. Todavía me duele el cuerpo de ayer.

Solo que las tiritas es mejor arrancarlas de golpe.

«Vale».

—¿Qué clase de persona está en la playa mirando el móvil en vez del mar?

La voz de Ilya perturba mi burbuja.

—Una que lleva mucho rato esperando.

—Pero llego bien de hora, ¿no?

Lo cierto es que es puntual. Soy yo la que se ha venido un rato antes para preparar el terreno. Y por «terreno» me refiero a serenar mi mente, dejarla entibiarse, alejarme de ese momento de vulnerabilidad cuando te quedas en bañador delante de cientos de desconocidos.

Porque la playa por la tarde está abarrotada.

–¿Cómo me has encontrado en este mogollón de sombrillas?

–La foto que me has mandado dejaba ver esas rocas de ahí delante.

–Pues sí que te conoces bien la playa.

Ahí está de nuevo su sonrisa medio reprimida.

–Sí...

Coloca su toalla a mi lado, dejando unos centímetros de arena en medio. Su camiseta vuela y yo regreso al móvil mientras se echa crema. Que ni por un momento piense que lo estoy observando.

–¿Estás lista? –pregunta.

–¿Perdona?

–¿No vamos al agua? –su voz refleja incredulidad.

¿No vamos a hablar de nada?

–Te echo una carrera hasta las rocas.

–Vale, vale, espera.

–¿Qué se lleva el ganador?

Ilya empieza a dar saltitos para calentar. Madre mía, si se le marcan los músculos. Me recoloco las gomas del bañador alrededor de los muslos.

–¿Tiene que ser una competición? –refunfuño. Guardo el móvil en la funda de falsa crema solar.

–Si yo gano, no vuelves a mirar el móvil mientras estemos aquí.

–Ni de coña.

–Vale, pues... El que pierda invita a un helado.

¡Y sale corriendo!

Aprieto el culo y vuelo tras él. ¿Ha aflojado el paso para que me ponga a su par antes de entrar en el agua? Las olas me besan los pies y salto de cabeza hacia una ola antes que él. Rozo el fondo con los pies mientras braceo con todas mis fuerzas. Está helada.

Las rocas no quedan lejos. Adelanto a una señora que nada a braza con un gorro floreado. Una flecha pasa a mi lado, salpicándome cuando saco la cabeza para respirar. Aprieto, pero no me queda otra que nadar en la estela de delfín de Ilya.

Él me espera sentado en la piedra más baja, recuperando el aliento.

–Pareces la sirenita –bufo.

–Vaya mal perder que tienes –se ríe y salta de nuevo al agua. Con el pelo caído hacia atrás, parece otro. Sus ojos reflejan el sol tanto como el agua.

–No estoy en forma.

–¿Ya no nadas?

–Los últimos meses, nada –reconozco. A él se le dibuja una frase ante el juego de palabras–. En realidad, ya que lo preguntas, no había pisado la playa desde hacía años.

Sus ojos se abren como platos.

–¡Ay! –protesto–. ¡Me has dado una patada!

–Perdona. ¿Años? ¿No hacías natación?

–Entrenaba en una piscina, guapo.

–Ya, me imagino, yo también. Pero la playa... Esto es otra cosa. La piscina es un sucedáneo.

Somos dos boyas.

–¿Bien? –pregunta–. ¿Hacemos el muerto un rato?

Bueno. Me dejo flotar. No sé qué pensar, ni decir.

–¿Podemos volver?

–¿A por el helado que me debes? Me parece bien. Aunque igual son dos.

Ah, no. De ninguna manera. Ilya echa a nadar tratando de pillarme desprevenida. Pero esta ya me la sé. Agarro del pie que pasa a mi lado y tiro de él hacia abajo. No es una carrera limpia, y trago mucha agua entre las risas.

Las agujetas merecerán la pena.

El tiempo dice que luego se va a montar tormenta.

Envío a mi madre una nueva foto de la playa, un clásico que incluye las puntas de los dedos de mis pies.

«Deja el móvil».

La notificación del mensaje de Ilya irrumpe en la pantalla.

–Ja, ja. Muy gracioso –lo aparto al lado, a regañadientes.

–Te vendrá bien desconectar.

–¡Tú qué sabrás!

–Soy un proyecto de médico, recuerda –hay una guasa fácil en su voz.

–«Proyecto» es la palabra clave en esa frase –refunfuño. No quiero discutir–. Dime cosas que hacer en vez de que NO hacer.

–En ese caso, tu futuro médico te recomienda playa. Mucha playa.

Con qué confianza usa la palabra «futuro». Como si de verdad creyera en él. Parece tan tranquilo... Entreabro los ojos y le vigilo. Tumbado boca arriba, disfrutando de los rayos suaves del sol que ya baja. Si no fuera porque habla, casi podría estar dormido.

Los dedos de su mano derecha, medio ocultos por la arena, desmienten la calma que desprende mientras repiquetean las yemas contra el pulgar. Anular, corazón, índice. Uno, dos, tres. Uno, dos, tres...

Cuando queda claro que no va a decir nada más, cierro los ojos y pienso en sus palabras. Mucha playa.

## Tiempo de uso: siete horas y doce minutos

Ilya me da solo un día de descanso antes de volver a escribirme, con un meme de un pingüino que nada a duras penas.

«¿Tus agujetas te dejan moverte?».
«Más o menos».

Lo cierto es que llevo dos días seguidos en los que he publicado dos veces. No me he movido mucho, así que apenas las he notado. Me estiro en la cama y noto cómo me tiran los gemelos.

«¿Repetimos? Tengo ganas de comerme un heladito».

Dudo si darle una excusa barata o decirle la verdad. Por algún motivo, mentir parece fuera de lugar. Opto por la sinceridad aplastante.

«Me ha bajado la regla y no me apetece mucho meterme en el agua helada».

A ver por dónde sale. ¿Será de los tíos que entran en pánico por la mención de la sangre?

«Vale, pues podemos dar un paseo si te apetece. ¿Te hace?».

Prueba superada.

«Ok».
«Tarde, lo único. Acabo mi turno a las 19».

«¿Y cuándo pensabas ir a la playa, entonces?».

«Habría salido antes si hubieras dicho que sí».

«Fatal. No soy tan interesante como para que abandones tus obligaciones».

«Me intrigas y parece un día tranquilo».

Recuerdo que solo es un voluntario. Seguro que se queda horas extra trabajando. Es más, fijo que siente que tiene una penitencia imaginaria que pagar

«Está bien, te voy a buscar a esa hora», le digo.

Me paso el resto de la mañana hecha un ovillo en la cama. Me trago del tirón una serie malísima de Netflix de ocho episodios. Como unos fideos de bote y un trozo de tarta de queso que hay en el frigorífico de la cocina. Iryna le ha dejado un pósit con mi nombre encima. Dibujo una carita sonriente en respuesta y lo dejo pegado en la puerta de su habitación. Así sabrá que me lo he comido yo y no cualquier otro.

Por suerte, no me duele demasiado la regla. A veces es difícil encontrar los analgésicos más básicos, por problemas de distribución. Por la tarde me encuentro bastante bien, así que me levanto, me lavo la cara y me pongo en marcha hacia el hospital.

No me gusta el camino. Qué tontería, si ni siquiera voy a entrar. Nunca me han gustado los médicos, ni siquiera los centros de salud. Al hospital solo fui una vez, y de visita. Tenía once años y acababan de operar a mi madre de un oído. El segundo día que me quisieron llevar a visitarla, lloré hasta que me salí con la mía y me dejaron en casa. Tardé diez días en volver a ver a mi madre, pero lo preferí a regresar a aquel sitio que apestaba a enfermedad.

Una de las calles cercanas está medio derruida por un bombardeo. Seguramente querían destruir el mismo hospital, pero no acertaron. Doy un rodeo para evitar los escombros que todavía invaden la acera.

El recinto sanitario está vallado. Podría entrar en él, pero prefiero esperar en los jardines de enfrente. Me siento en un banco y observo las caras de los que entran y salen. Aquí no hay lugar para la alegría. Casi todos llevan expresión preocupada. El hospital no es buen sitio: es un objetivo fácil, y los que están dentro no se pueden mover. Sin escapatoria. La sola idea me intranquiliza. Saco el móvil y los cascos de música y me busco un vídeo de ASMR. Los trece minutos que pasan desde las siete, cuando Ilya por fin aparece, son una auténtica tortura.

–¡Hola! Perdona el retraso. Estaba hablando con mi madre.

Señala hacia atrás, donde una mujer con bata en la puerta nos dedica un saludo antes de desaparecer de nuevo dentro.

–¿Trabajas con tu madre?

–¡Ya quisiera!

–¿A qué se dedica?

–Es cirujana.

–¿Es lo que quieres ser tú?

–Puede. Todavía no tengo claro en qué me voy a especializar. Pero sí que me gustaría. Algún día.

–Pues bien, ¿no? Está guay que tu madre sea un referente para ti.

–Sí, claro. ¿Qué quieres hacer?

Su brusco cambio de tema me pilla por sorpresa.

–Un paseo habías dicho...

–Podríamos ir al cine.

Cine, cerrado, sin escapatoria. Es probable que la música alta no te deje oír lo que se te viene encima.

–Mejor no. No me importa andar.

Y así caminamos. Estamos en el centro de la ciudad. Pasamos por una pastelería popular e Ilya compra dos pastelitos típicos de nuestra zona, de los que encantaban a los turistas cuando invadían las calles.

–Gracias –le digo–. Hacía años que no comía uno de estos.

Él me mira y sonríe. Una sonrisa cándida que enciende una sospecha. Un pensamiento intrusivo relampagueando en mi cabeza. Le aplico la política de crudas verdades que Ilya y yo compartimos desde nuestro primer encuentro. Al fin y al cabo, ha pasado la prueba de la mención de la regla.

–Oye, esto no será nada romántico, ¿verdad?

La pregunta le arranca una carcajada. Me gusta el sonido de su risa: estruendosa, más grave de lo que habría esperado en su voz. Una vibración agradable que me hace preguntarme cómo se sentirá si apoyo una mano en su pecho.

–Tranquila. Paso demasiadas horas estudiando y en el hospital como para pensar en buscarme pareja.

Aguardo un instante. Cuando se le evapora la risa, se lleva la ligereza y sé que tiene algo más que decir. Una de esas cosas que solo me puede decir a mí.

–Además, no creo que me... No creo que nadie quisiera salir conmigo si le cuento mi historia. Y yo no querría salir con nadie que no la supiera.

–Le das demasiada importancia –respondo engullendo el resto de mi pastelito.

–Y tú pasas demasiado tiempo con el móvil.

Y dale.

–Vale, los dos hacemos cosas que no debemos. Pero lo tuyo es distinto de lo mío. Lo que pasó fue un accidente.

–No importa –sacude la cabeza y se recoloca el pelo. Cuento las pasadas: una, dos, tres veces.

Si no digo algo rápido, la culpa se lo va a llevar de aquí.

–Si te digo la verdad, esperaba que no vinieras con intenciones románticas –comento, imprimiendo a mi voz toda la casualidad que puedo.

–¿Y eso?

–¿Con lo que estamos viviendo? No creo que yo pudiera permitirme querer a alguien sabiendo que cualquier día puede estar muerto. Que lo pueden matar. O matarme a mí, claro. No merece la pena enamorarse.

–Pues yo lo veo al revés, no te creas. Si alguien te gusta, debes vivirlo a tope. Quién sabe lo que vendrá.

Sacudo la cabeza. Los restos del dulce se deshacen en mi boca. Sus palabras me amargan los oídos.

–Disculpa un momento. Siento la imperiosa necesidad de mirar el móvil –me enmascaro en la ironía y abro Instagram. Bajo unos segundos por el *feed* y después, consciente de que él puede ver lo que estoy mirando, abro los mensajes. Tampoco quiero que se piense que soy una maleducada. Responder un mensaje es una buena justificación.

Por desgracia, el primero de ellos, el que abro, es de una empresa que vende porno. La foto que aparece en pantalla tiene poco que ver con los retratos que esperaba que mostrara.

Abochornada, la borro a toda velocidad.

–¿Recibes muchas como esa? –Ilya ni siquiera se molesta en fingir que no la ha visto.

–De vez en cuando –reconozco a regañadientes.

Y, cuando parece que la conversación se va a encauzar, sucede. La pantalla todavía está iluminada cuando salta la alarma de protección civil, a la vez que suena el teléfono de Ilya y el de todos los que nos rodean. El alarido de la sirena antiataque aéreo inunda la calle.

Algunos se alarman y corren, sobre todo los niños. Otros sacan el teléfono y se quedan pegados a la pantalla: están mirando los grupos informativos donde se avisa del recorrido de los aviones. Suele pasar. A veces, la gente ni siquiera se molesta en buscar refugio.

Pero no esta vez. La información que se ha filtrado es suficiente para que todos se pongan en marcha.

Salvo Ilya, que está clavado en medio de la calle. Tomo su mano libre y tiro. El resto del pastelito que le quedaba en la otra cae al suelo.

–¡Vamos! Hay que buscar refugio.

Lo arrastro detrás de mí hacia un portal.

–¡Aquí no, aquí no! –grita, y siento el pánico en su voz. El pánico no vibra en ella como la risa, sino que la aplana.

–¡Es el sitio más seguro, no hay refugios! –chillo a mi vez. Es la parte más vieja de la ciudad. Si una bomba nos cae encima, no habrá nada que hacer. Pero si solo cae cerca y tenemos suerte, aunque parte del edificio se desplome, la estructura de la puerta nos protegerá. Una familia con dos niños pequeños se cuela con nosotros en medio de la desbandada general. Las puertas se abren y varios vecinos se apelotonan a nuestro lado, buscando la seguridad del marco.

Ya se oyen los aviones. Hay mucha gente en la calle, pero su sonido ahoga todos los demás.

Estamos tan apretados en el portal que opto por abrazar a Ilya. Es extraño, no recuerdo la última vez que me aferré a alguien. Una burbuja se crea en mi cabeza conforme mi cerebro procesa el calor de otro cuerpo junto al mío. Sin saber bien lo que hago, le paso los brazos por la cintura y aprieto la oreja contra su pecho. Es tal el estruendo a nuestro alrededor que no logro oír los latidos de su corazón. Quizá porque a todos se nos detiene un instante, a la espera de saber si ha de ser el definitivo.

Ilya no me devuelve el abrazo. ¿Dónde están sus manos?

Retuerzo un poco el cuello para verle la cara, desencajada. Y entonces veo lo que hace: sus brazos pasan sobre mis hombros, pero, en vez de abrazarme, retuerce las manos, histéricas. Se estruja los dedos, palmea rítmicamente. Uno, dos, tres. Uno, dos, tres.

Le aprieto con más fuerza, y cierro los ojos.

Lejos, cae la primera bomba.

No dura mucho. El suelo deja de vibrar, la sirena se apaga. A lo lejos, suenan ambulancias. Algunos se asoman hacia la calle. Por encima, queda el cielo rayado con las estelas de los aviones.

La gente que se ha refugiado con nosotros desaparece a toda prisa, deseosos de borrar de sus cabezas la última media hora. Los vecinos regresan a su casa, los demás se van corriendo. Los padres intentan hacer reír a sus hijos.

Ilya sigue congelado. Uno, dos, tres. Uno, dos, tres.

Despacio, lo libero. Me habría gustado que mi abrazo hubiera sido suficiente. Que me lo hubiera devuelto. Con mis manos, envuelvo las suyas.

–Para –susurro–. Tienes que parar.

Le cuesta. Aunque aprieto sus palmas, juntas, puedo sentir los espasmos de sus dedos. Uno, dos, tres.

–Lo siento –intenta liberar sus manos de las mías. Se creerá que lo voy a dejar–. Me pasa a veces, cuando me supera.

Sé lo que es un TOC, lo he visto. Aquí, todos lo hemos sentido en algún momento: el vano intento de controlar algo en un momento de caos. En la resi hay un cuenco en la cocina con ansiolíticos. Nadie pregunta de dónde han salido a pesar de la escasez de medicamentos reinante, ni quién los coge. Están ahí para cuando hagan falta. Porque no hay tiempo de ir al médico. Ni médicos disponibles. Hay problemas mayores. Todos lo entienden. ¿Quién no desarrollaría una compulsión llevando esta vida interrumpida?

–Vamos a la playa –le digo. Es lo único que se me ocurre para calmarle, para serenarme yo también.

–No. Yo... tengo que ir al hospital. Me voy a ir al hospital a ayudar –me responde.

Estoy a punto de replicarle que de ninguna manera, pero siento cómo lo que repite serena el movimiento compulsivo de sus dedos. Trabajar es lo único que lo mantiene cuerdo. Intenta retirar sus manos de entre las mías, y esta vez se lo permito. Somos los únicos que quedamos allí, todavía parados, libres en apariencia del frenesí que te embarga cuando sientes que la muerte te ha rozado y te ha dejado seguir vivo.

–¿Estarás bien?

–Sí, tranquila.

Ilya da unos pasos, alejándose de mí. Hay algo raro en su caminar. Lo sigo y tardo poco en detectarlo: está evitando pisar las líneas entre las baldosas de la acera, que por suerte son grandes y se lo permiten.

–Voy contigo.

Deshacemos el camino de la mano.

Nos paramos a coger aire, contando las inhalaciones.

–Aquí dice que cuando se produce un brote por una experiencia traumática...

«Deja el móvil, Lesya. Solo acompáñalo».

El entorno del hospital es el caos. Coches aparcados de mala manera, subidos en la acera, haciendo las veces de improvisadas ambulancias porque las que hay no dan abasto. El estruendo es insoportable: sirenas, bocinas, gritos de dolor, voces que tratan de poner orden. Y, entre todas, una conocida:

–¡Lesya!

–¡Iryna! ¿Qué haces tú aquí?

Vaya pregunta tonta, cuando lo que quiero es saber si la sangre que le mancha la camiseta es suya. Suelto a Ilya y sujeto la cara de Iryna entre mis manos, tratando de que centre la mirada.

–¿Estabas allí?

–Ha sido al lado de la veterinaria –balbucea–. En cuanto han parado, hemos salido a ayudar con lo que teníamos: vendas... He tenido que hacer un torniquete a una mujer, un hombre nos ha traído en su coche. La sangre es suya –responde a mis manos, que le están palpando los brazos, la tripa. A veces tienes una herida y no te enteras hasta que es demasiado tarde–. Que no, que a nosotros no nos ha pasado nada, pero ella, esa mujer...

Estalla en sollozos.

–¿Quién es? –me pregunta Ilya al oído.

–Qué susto, tío, ¡me había olvidado de ti!

–Es que esa mujer... –repite Iryna.

–¿Qué le pasa?

Le acaricio el pelo. Su voz se vuelve ininteligible. Acerco la oreja a sus labios y, por fin, la entiendo.

–No... –no soy capaz ni de repetir lo que ha dicho para responder la muda pregunta de Ilya–. Es una compañera de la resi. Vivo en una residencia de estudiantes. Ya te lo contaré, no me mires así.

–Vale, vale. Será mejor que te la lleves de vuelta. Aquí no podéis hacer nada. No la dejes sola. Que beba agua. ¿Tiene alguna receta?

–En la resi hay sedantes. No, no preguntes. ¿Tú estarás bien?

–Nos apañaremos todos –responde él.

La adrenalina le está poniendo en marcha, desterrando la compulsión de su cuerpo. En su cabeza ya solo hay sitio para la acción.

–Hablamos –me despido–. Venga, Iryna, nos vamos.

–¡Quiero saber qué ha sido de ella! –se retuerce tratando de librarse de mí.

–¡Ni de coña! Nos vamos ahora mismo.

No, no puedo dejarla volver a entrar, no después de lo que me ha contado. Ilya ya se iba, pero se detiene.

–Es normal querer saber qué ha sido de los que ayudamos en estas situaciones –me apacigua–. Iryna, dame algún dato y, si puedo, la identifico dentro.

Es en vano: ella sigue sollozando. Él me mira, inquisitivo. Joder. Se lo cuento, mi lengua resistiéndose a pronunciar palabras tan terribles.

–Vale –cierra los ojos–. Haré lo que pueda.

¿Por salvarla? ¿Por informarnos? ¿Por evitarnos la cruda realidad?

Se mete al hospital y, despacio, Iryna acepta seguirme.

Tiempo de uso: nueve horas y cinco minutos.

Duermo con Iryna, las dos apretadas en mi cama. Después de ayudarla a ducharse y tirar toda su ropa ensangrentada a la basura, programo un despertador y me paso la mitad de la noche velando su sueño. Los sedantes funcionan bien, apenas se mueve y, por la mañana, me cuesta despertarla.

–¿Vas a ir a trabajar? Puse la alarma pronto, pero no sabía...

–Sí, sí –revisa su teléfono un instante y se incorpora–. Vamos a ir todos. Gracias por tu ayuda.

–Pero...

El mundo no se detiene para los vivos.

–Me visto y me marcho.

Me abraza y desaparece.

Tengo todo el día por delante. La habitación me deprime. La almohada está húmeda porque acosté a Iryna con el pelo mojado. La saco al poyo de la ventana, tratando de sujetarla con la hoja de cristal para que no se caiga.

Y me piro a la playa. Nado un rato. Mi cuerpo todavía arrastra ciertas agujetas y algunos calambres en la tripa, pero la memoria muscular está haciendo su trabajo. Hago largos entre la orilla y las rocas.

Después, me quedo en la arena. Embadurno mi cuerpo de crema solar, aunque el viento que arrastra la arena haga que me convierta en una croqueta. Camino, me tumbo en la toalla, vuelvo a caminar. Levanto la vista del móvil para contemplar a los que pasean cerca de mí. Mirar a mi alrededor me reconcilia con mi cuerpo blandito. Tirantes que se clavan, nalgas bamboleantes, pieles flácidas. La playa local es la mejor cura para la inseguridad.

También me ayuda a pasar el día con el aluvión de mensajes que recibo. Notificaciones, una tras otra. Fue una jornada cruel.

Veintidós muertos en nuestra ciudad. Otros sesenta y ocho en el resto del país. Tengo muchos avisos, muchas historias. Solo que ninguno es el que espero, que no llega hasta casi la noche.

He vuelto a la resi a última hora. Iryna estaba de regreso en su habitación, dormida. Un sueño medicado del que no se despierta con facilidad.

Estoy cenando unas albóndigas directamente de una lata mientras redacto una necrológica. Una anciana de ochenta y tres años. Me escribe su nieto. Ella estaba enferma y tenía una lista de cosas que quería hacer antes de morir. Quizá solo hayan acortado su vida unos meses, puede que incluso le hayan ahorrado semanas de sufrimiento. Pero no tenían derecho a hacerlo.

Cuando aparece en la base de la pantalla, deslizo el globo emergente a un lado de forma automática. Estoy inspirada y no quiero perder el hilo de lo que redacto. Pero mi cerebro ha tenido lo suficiente para gritar que ese mensaje era el que aguardaba y lo recupero a toda prisa.

«Buenas noches. Perdona que no te haya escrito antes. No ha sido el mejor día. Dile a Iryna que, contra todo pronóstico, la mujer va a sobrevivir. Su auxilio le ha salvado la vida».

Me apresuro a responder. La anciana tendrá que esperar un rato.

«Cómo me alegro. ¿Qué tal estás tú?».

«Mejor, gracias. Ayudar me ayuda, si es que eso tiene sentido».

«Claro que lo tiene».

«Mi madre me ha prohibido volver en un par de días y, sin nada que hacer, tampoco estoy bien. ¿Mañana estarás como para ir a la playa?».

Sonrío ante su delicadeza.

«Claro. ¿Por la mañana?».

«Bien».

Quedamos e Ilya se despide. Es posible que le hayan dado medicación. Recuerdo lo que me hizo el sedante la única vez que lo tomé. Horas de sueño inconsciente y resaca. Prefiero sufrir siendo yo misma.

A la mañana siguiente, me está esperando en el mismo sitio en que nos vimos la otra vez.

–Pues sí que has llegado pronto –digo, más para romper el hielo que otra cosa.

–Oleg y Natalia han salido a navegar un rato. Les gusta aprovechar el fresco de la mañana y me han traído con ellos.

–¿Natalia es tu hermana? –decido obviar que es su medio hermana. Él se refirió a Oleg como su padre, así que sigo su indicación implícita.

–Sí. Tiene trece años.

Bajamos por la arena y montamos nuestro pequeño campamento. Vigilo sus movimientos de reojo, en busca de repeticiones en trío. Aparte de que recoloca la toalla demasiadas veces, parece estar bien.

–¿Qué tal ayer? –pregunto.

–Vaya –se ríe, nervioso, y se frota el pelo–. Directa al grano.

–No sé por qué, pero siento que nos falta algo si solo mantenemos una charla trivial –reconozco. Él se ríe, y yo me siento satisfecha.

–Bien visto –acepta–. Ayer, horrible. Me cuesta mucho controlar las compulsiones. Mientras estoy ocupado, me siento mejor; trabajando, por ejemplo. Pero no me dejaron quedarme apenas, en realidad: me mandaron para casa enseguida. Oleg y Natalia me tuvieron el resto del día caminando por la ciudad, hasta que me agoté. Y entonces me hicieron salir con el barco y nadar un buen rato. Al final, estaba tan reventado que no podía ya ni pensar, que era justo lo que me hacía falta. Hoy tenían intención de repetir el plan, si no llego a decirles que había quedado contigo.

–Qué majos. Parecéis una familia muy unida.

–Sí, bueno. Lo estamos. No me puedo quejar, para nada.

–¿Detecto un poso de amargura en esa ausencia de quejas?

–Noooo.

–Síííí.

¡Ajá! Sus manos se pierden en su pelo. He dado en el clavo.

–Es solo que... Oleg quiere marcharse de aquí. Sacarnos a todos. Cada vez que hay un ataque cercano, el tema vuelve a ocupar todas las conversaciones en casa. Pero mi madre, con su trabajo en el hospital, no quiere oír hablar del tema.

Y él tampoco. ¿Dónde purgaría su culpa fuera de esta ciudad? Estoy segura de que solo le dejan hacer prácticas porque aquí no hay tantos médicos y porque su madre trabaja en el hospital.

–¿Y tu familia? –pregunta de pronto–. ¿A qué se dedican? ¿Qué es eso de que vives en una residencia? ¿No os habéis planteado iros?

–Uy, claro que sí –mi tono me traiciona volviendo mi saliva amarga. Él arquea las cejas, en una pregunta muda.

–Mis padres viajan mucho por trabajo –explico–. El inicio de esta invasión de mierda los pilló fuera. Y allí se quedaron. Están asilados en Madrid ahora mismo. Mi padre ha encontrado trabajo sin problemas; mi madre trabaja allí lo mismo que aquí: nada.

Los ojos de Ilya se abren como platos y se frota la nariz. Tres veces. Debería dejar de contar, o yo misma acabaré haciendo las cosas en tríos.

–¿Y te quedaste en tu casa, sola?

–No. Me quedé en el internado en el que estaba. Hasta que lo destrozó una bomba. Desde entonces, vivo en una residencia de estudiantes universitarios.

–Me estás vacilando. ¿A tus padres les parece bien?

–Pues no, para nada. Pero que se aguanten. No se preocupaban nada por mí antes, que lo sepas. Ah, y tampoco estudio. Tengo la educación obligatoria acabada, así que no lo flipes tanto.

Me molesta la incredulidad en su tono, que da la razón a la voz de mi cerebro diciéndome que mi situación no es como la estoy narrando. Me tumbo sobre la toalla y me vuelvo de lado para no ver su cara. Abro Instagram. Irme sería de mala educación, pero agradezco tener una escapatoria más discreta.

Y deslizo hacia abajo, abajo, abajo.

–Bueno, yo me voy al agua –anuncia Ilya al cabo de un rato.

Por su tono de voz, áspero como la arena que la suave brisa trae contra mi cara de vez en cuando, sé que está molesto por mi actitud. Amordazo la culpa y meto el móvil en la funda estanca, y esta, en el falso bote de crema del sol.

–Sí, cuídalo mucho, no te vayas a quedar sin él –me gruñe, sarcástico. Le miro. ¿De qué va? Y él se arruga, juega con la arena con el pie.

–Venga, vamos al agua –hago mi ofrenda de paz, y la acepta, agradecido.

Tengo que reconocerme a mí misma que estoy deseando saltar al agua. Y no solo porque mi cuerpo esté recobrando la memoria dentro de ella, sino que hay algo más. Algo que no descubro hasta que no me veo reflejada en lo que le sucede a Ilya cuando pisa el mar.

Porque él cambia dentro del agua. Fuera, en la orilla, aún puedo ver la corrosión de su cabeza. Conozco la mirada presa de los pensamientos intrusivos, los momentos de ausencia, la búsqueda de amarre con la realidad.

Pero en el agua, su cuerpo se ancla. El mar le devuelve a su origen, al niño que sería antes de que Piotr se ensañase con él; al chaval que no llegó a recuperar antes de que la bomba que mató a su acosador acabara con sus esperanzas de redención.

Luego, de vuelta en la playa, regresará poco a poco a su otra versión.

Por eso, vuelvo a correr hacia las olas. Para que nos dure un poco más. Hasta que nuestros cuerpos digan basta.

Olga, 83 años.

Cuando cumplió los 80, Olga hizo una lista de todas las cosas que quería hacer en la vida. Ella no hablaba de «lo que le quedara de vida», sino de vida a secas.

La lista ocupaba tres hojas con su caligrafía de escuela antigua.

Esta delineante de oficio tuvo la suerte de que sus tres nietos se propusieron hacer realidad sus sueños. Por el momento, habían ido a conocer Roma, a esquiar por primera vez, a un karaoke y le habían hecho una cuenta en una aplicación para conocer nuevos amigos.

Pero a Olga todavía le quedaban muchas cosas pendientes.

«Mi abuela tenía el mismo derecho que los demás a exprimir su tiempo», declara uno de sus nietos.

Ahora, ellos honrarán su memoria haciendo juntos todas las cosas pendientes de la lista de Olga.

#honramosanuestrosmuertos

## Tiempo de uso: ocho horas y cuatro minutos

La historia de Olga causa sensación. He tardado tres días en redactarla y, cuando al fin la publico, me quedo durante dos horas mirando cómo suben los comentarios. Son los de siempre: algunos que se alargan y cuentan la mitad de su vida, otros más vacuos. Mensajes que solo comparten emoticonos, enlaces a blogs propios que elimino. Tengo un buen porcentaje de gente que añade el post a sus *stories*. Acabo cayendo dormida; es por la mañana cuando me encuentro que un canal de noticias nacional se ha hecho eco del *post*, lo ha compartido y ha elaborado toda una noticia sobre la escritora fantasma de Liuv.

En el wasap, varios audios de Eva acumulados. Algunos son de anteayer; la mayoría, de esta misma mañana. Los dejo a la espera porque, cosa rara, también tengo un mensaje de mi madre.

«Llámame cuando puedas».

Las dos únicas ocasiones en que mi madre me ha escrito esas palabras han sido: cuando murió mi abuela de forma inesperada mientras yo estaba en unos campamentos de verano, y cuando me avisó de que no iban a regresar de Madrid.

Presagio de malas noticias.

Así que la llamo.

–¿Lesya? ¿Estás bien? –responde al primer timbrazo. Su voz vuelca inquietud en mi oído, reverbera en el interior de mi cabeza y busca salida por mi boca.

–Sí, sí. ¿Qué pasa, mamá?

Entonces, las dos callamos y sé que estamos pensando lo mismo: que nuestras voces han sonado como sirenas de alarma, destruyendo la impostada serenidad en la que forzamos nuestras conversaciones. Acabamos de traslucir las inquietudes que nos devoran y que ambas intentamos ahorrar a la otra.

–Aquí no pasa nada –toma ella la iniciativa, y se lo agradezco doblemente. Por poner fin a mi sufrimiento y por llenar el silencio–. Pero quiero saber cómo estás tú, la escritora anónima que revoluciona las redes.

–¿Cómo lo sabes?

–Porque escribes igual que hablas, hija –me bombardea.

«Lesya se engañaba cuando pensaba que era una extraña para su madre».

¿Será eso lo que debería añadir en mi necrológica? O quizá:

«Tardó diecisiete años en descubrir que el alivio podía dejarte sin aliento con tanta brusquedad como un delicioso puñetazo en la boca del estómago».

Muy cursi, pero representativo del momento. Recupero el aire y, cuando logro llenar los pulmones, descubro que tengo mucho que decir.

–Sí, no pasa nada, no es para tanto. Nadie me va a reconocer.

–¿Cuántas personas lo saben? –pregunta mi madre, suave.

–Pues Eva, un amigo...

No pienso hablarle de Ilya.

–Y ahora tú, claro.

–Y papá.

–¿En serio?

–Sí, luego te llama.

Se ríe. Mi madre se ríe y la magia del teléfono copia la sonrisa en mi boca.

–Luego estaré en la playa. Esta semana, he ido todos los días –le digo.

–Estupendo. ¿Con tu amigo?

Joder con mi madre. Levanto de nuevo un poco de protección. Una valla de red con recubrimiento de plástico verde en comparación con el muro de hormigón armado que había hasta ahora.

–Puede ser.

–Entiendo –mi madre recula. Puedo adivinar su silueta al otro lado de la valla. Es más de lo que quizá haya visto nunca–. Eso también me alegra: que pases tiempo con otra gente, hija. Que te dosifiques un poco esto, que me imagino que también tiene que ser duro, aunque para ti sea importante –se apresura a corregirse. Creo que quiere decir algo más. Duda varias veces antes de comentar–: Y si quisieras que él viniera contigo a Madrid...

Ahogo un bufido. Pienso en Oleg, que quiere sacar a su familia. En Ilya, que se quiere quedar porque tiene un motivo bueno, ayudar, y otro malo, expiar su culpa imaginaria.

Llevarme bien con mi madre me deja sin motivos para seguir castigándola.

–Ya veremos –susurro.

Mi madre se despide y me manda un beso.

Me despido a mi vez y, como tengo por costumbre, espero que corte la llamada.

En vez de eso, la muy traidora me pasa con mi padre.

Esa tarde, me vuelvo a encontrar con Ilya en nuestro sitio de siempre. Le he escrito después de hablar con mis padres, y no ha tardado nada en responder.

–¿Qué tal la fama? ¿Te planteas salir del anonimato? –pregunta en cuanto me ve.

Por toda respuesta, guardo el móvil a toda prisa y corro hacia el agua.

Él me persigue. Pasamos volando junto a los niños que hacen castillos en la orilla y me lanzo directa dentro de una ola.

Hoy nado todo lo que me dan de sí los brazos, y sé que Ilya viene detrás. Me adentro rápido, pese a que la marea está subiendo. Paso las rocas. Cuando me canso, simplemente, me dejo hundir. El suelo es un terreno llano apenas un metro por debajo de mis pies. Miro y reconozco los de Ilya flotando a poca distancia; él se mantiene con la cabeza en la superficie, respetando mi temporal desaparición de la faz de la tierra. O, en este caso, del mar. El agua salada me escuece en los ojos abiertos.

Resisto la tentación de tirar de sus piernas hacia abajo.

La vuelta es serena, calmada. De brazadas largas, sin competir. Nadamos en paralelo. Yo, a braza; él, a espalda. Veo cómo cierra los ojos y sonríe, confiando en que yo le avisaré si va a chocar con alguien.

Nos derrumbamos en las toallas.

–Hoy he hablado con mi padre –confieso.

–Sabes que para la mayoría de la gente eso no es un hecho reseñable, ¿verdad?

–Pues para mí, sí. Hacía meses que no hablábamos. Lo único que hace es mandarme los billetes de avión.

Le cuento a Ilya los mensajes semanales que recibo.

–¿Y qué te ha dicho hoy?

–Que estaba orgulloso de mí –susurro. Sus palabras todavía resuenan.

–Eso es bueno, ¿no?

–Es irreal. Nunca antes me lo había dicho. Nunca estaba en casa, ni se preocupaba en llamarme.

–Mucho «nunca» dices. ¿Por eso lo castigas? ¿Por no tener tiempo para ti?

–¡No hago eso!

–¿Por qué, si no, seguirías aquí? En vez de irte a Madrid con ellos. O a donde sea. Seguro que podrían buscarte un internado en cualquier parte si lo que quieres es no verlos.

Quizá al principio sí que fue así. Me regodeaba en mi decisión cada vez que me insistían. Por cada billete que mi padre me enviaba, pasaba un día entero contando las horas, imaginando. Ahora debería estar llegando al aeropuerto. Ahora embarcando. En este momento, el avión ya estará cerrado, mi asiento vacío, evacuando solo aire. Saben que no voy en él, pero quizá estén allí esperándome, rezando porque haya tomado la decisión sensata.

Nunca pregunto a mi madre si alguna vez me han ido a recoger al aeropuerto.

–Creo que me da miedo –reconozco. Con él y nuestra política de verdades descarnadas, no me da vergüenza admitirlo.

–¿El qué?

–Vivir. Tener que tomar decisiones, empezar de cero.

–¿Más miedo que la posibilidad de que acaben contigo?

–Al menos sería una decisión que tomarían por mí.

–Pues eres idiota. Quédate porque quieres, no porque temas irte.

Cierro los ojos. Estoy agotada.

Ningún momento es bueno para que te maten.

Pero acallo la voz. Si lo reconozco, tendré que hacer algo.

–Tú tampoco te vas –acuso a Ilya para cambiar de tema.

–No sé yo. En casa cada vez se habla más, ya te lo dije. Estos días, parece que mis padres no hagan más que discutir por el tema. Mi madre cada vez regresa más cansada del hospital. Acabará cediendo. Demasiados muertos. No te haces médico para esto.

–¿Tú te acuerdas de todos?

–Yo solo soy un estudiante en prácticas. No piso el quirófano a diario como ella.

–No has respondido a mi pregunta. ¿Te acuerdas de todos los muertos que has tenido delante? ¿De los que no habéis podido salvar?

Ilya calla un instante.

–De cada uno de ellos –dice por fin.

Y después recita los nombres. Doce en total.

–¿Y tú? –remata al final.

Y yo hago lo propio. Uno tras otro. De memoria. Una lista mucho más larga. Setenta y tres.

–Sus familias querrían que hubieran salido de este infierno cuando estaban a tiempo –comenta Ilya cuando acabo.

–Pero ¿tú de qué parte estás?

–Yo me quiero quedar. Pero me gustaría que mis padres, Natalia, estuvieran fuera, a salvo. Y tú. Me gustaría que tú te fueras. Ojalá Piotr se hubiera marchado también –suspira.

Un balón inflable que aterriza sobre mi tripa me salva de tener que responder a eso. Una chica algo mayor que yo se acerca dando saltitos a recuperarlo y regresa con sus amigas para seguir jugando. Quizá todas ellas hayan desayunado ansiolíticos.

–Tenemos que cambiar el sitio de nuestras citas –se ríe Ilya mientras me froto la tripa. Pica más que duele.

–Yo solo quiero que las cosas no cambien –suspiro.

–¿Seguimos hablando de las pelotas de playa?

Callo.

–Lo que quieres es imposible, Lesya. Las cosas cambiarían, incluso aunque no hubiera...

–¡Calla!

–¿Qué?

–No se dice esa palabra.

–¿Cuál?

–La que estabas a punto de decir.

Ya no le estoy escuchando. Estoy leyendo mensajes, en busca del número setenta y cuatro.

«Y tú. Me gustaría que tú te fueras».

Sigue resonando en mi cabeza. Y yo necesito no oírlo. Ni eso ni nada.

Tiempo de uso: dos horas y veinte minutos.

Animada por el éxito y la repercusión obtenida tras Olga, le doy mucha caña a la cuenta. Tres publicaciones en tres días seguidos. Todos recientes, muertos esta misma semana. Un soldado, un paramédico, una informática. Me pregunto si alguno de ellos ha pasado por las manos de Ilya, o las de su madre, antes de morir. Si han engrosado su lista, además de la mía.

Me removió en exceso hablar sobre la lista. Nunca lo había llamado así, en voz alta. «La lista». He comido poco y mal, chocolate y platos preparados que no me he molestado ni en calentar. La ropa de baño quedó húmeda en la bolsa. La última vez que hice esto, después de publicar la necrológica de una madre que murió en el bombardeo de un hospital mientras daba a luz, Iryna me dejó tarros con comida en la puerta de mi habitación.

Pero ahora Iryna no está para cuidar de mí. Sigue yendo a trabajar, pero parece un fantasma. Por las tardes, cuando vuelve de su turno, se va directa a la cama. No cocina ni para ella. Sé que Kateryna le está haciendo la compra.

Durante el día, le escribo a veces. Le envío tonterías que veo en internet. Vídeos graciosos, memes que la puedan distraer.

Me deja en acumulado.

Es incómoda la sensación. Y me recuerda que es lo mismo que yo hago con Eva.

Eva, que hace cuatro días que no me escribe.

«Pues deberías hacerlo tú, o volver a llamarla –me espeta Ilya cuando se lo comento–. ¿Tanto móvil y al final vives desconectada?».

Me muerdo las palabras «no tengo tiempo».

«Te gusta demasiado sentirte buscada, Lesya», remata.
«Oye, tú estudias para psicólogo, ¿o qué?»,
«No, pero cada vez me planteo más hacer psiquiatría».

No lo sabía.

Me propongo dedicar la tarde a escuchar los últimos mensajes de Eva. Algunos los he oído ya, pero con los acontecimientos de los últimos días, he perdido el hilo. El último es de hace cuatro días, justo cuando salí en las noticias.

«Lesya, Vlad ha decidido volver. Ya sé que habéis perdido el contacto desde hace meses, pero tenía que contárselo a alguien, alguien que lo conociera. Su familia entera regresa a casa. Me lo acaba de decir, y todavía no me lo puedo creer».

Maldita sea. ¿Y ahora qué hago? Pulso el botón de videollamada, pero no responde. Llamo a Ilya, que tampoco me coge. Estará trabajando. E Iryna en la cama, durmiendo.

El sonido del teléfono me sobresalta.

–Eva, hola.

–Hola, Lesya. Perdona, me has pillado en el baño. ¿Qué querías?

–Nada, ver cómo estás tú –respondo–. Acabo de escuchar tus mensajes. He estado liada.

–Ya, me puedo imaginar. Las noticias sobre tu cuenta han sido la comidilla por aquí.

–¿Allí? ¿Es que se lo has contado a alguien?

Su incredulidad atraviesa la pantalla.

–No, tía. Claro que no.

Y después, silencio.

–¿Me quieres contar lo de Vlad? No pareces tú.

–Es que hay poco que contar. Han volado hoy. Está bien que lo sepas, por si te lo encuentras por la calle –coge aire y me suelta la pulla–. O en tu Instagram.

El dardo helado me pica en la oreja. Esta no es la Eva que conozco, la que se lleva preocupando por mí desde hace meses.

–Bueno, mujer, no pienses que va a estar ahí. No tiene por qué pasarle nada.

–Ya, y si le pasa, ya escribirás palabras bonitas sobre él, como haces con el resto.

¿De dónde sale toda esta rabia?

–¿Perdona? Estoy honrando sus vidas –me defiendo.

–Sí, para los muertos siempre tienes tiempo, Lesya, pero ¿qué pasa con los vivos? Parece que los vivos no te importen, y eso te incluye a ti misma.

No me puedo creer lo que estoy oyendo.

–Tú no sabes cómo son las cosas aquí.

–¿Eso crees? ¿Que eres la única persona que conozco que está allí? Mira que puedes ser egocéntrica.

Cuatro martillazos.

–Pues precisamente. ¡Vivimos como podemos! O como nos dejan. O si nos dejan.

No era esto lo que esperaba. Resisto la tentación de colgar. ¿La videollamada tendrá posibilidad de pantalla dividida? Quizá pueda abrir otra app mientras hablamos.

–Los demás, quizá. Tú, no. Tú no estás viviendo. Solo estás esperando que te maten. Eso te sería más fácil.

–Pero ¿qué dices?

Estoy llorando. ¿Cuánto hacía que no lloraba?

–Digo que le eches más huevos a la vida.

–¿Te crees que no lo hago?

–No. No lo bastante. Eres como los que te escriben. Lo hacen tarde, porque se arrepienten de no haber dicho a la gente que querían lo importantes que eran para ellos. Porque no han sido valientes hasta que ha sido demasiado tarde –repite–. Las cosas hay que decirlas en vida.

Y eso es lo que está haciendo.

–No creo que me merezca esto.

–No, claro. Nadie se merece las cosas que nos pasan. ¿Y qué más da?

–Tengo que dejarte.

Le cuelgo a toda velocidad. Respira, Lesya. Tandas de diez. No te hace falta el cuenco de sedantes.

«Lo hacen tarde porque se arrepienten».

Y entonces caigo: Eva tiene miedo de tener que lamentarse. Por eso me ha dicho todo lo que pensaba.

Ella ha sido valiente.

Iryna me está esperando en la lavandería.

Ni siquiera me da tiempo a alegrarme por verla allí, con el pelo todavía húmedo por una ducha reciente y a la espera de una colada que ya se centrifuga. Son buenos síntomas, ¿no?

–Me voy de la resi, Lesya –anuncia, sin preámbulo, antes de darme tiempo a medir el detergente que tengo que echar para mi propia lavadora. No comenta la peste que desprende mi ropa de baño húmeda y abandonada en una bolsa durante tres días.

–¿Y eso? ¿Te han hecho fija?

Su trabajo era para solo unos meses, una baja. Sin planes a largo plazo.

–Lo he dejado –susurra.

La miro con más atención y detecto que algo pasa. Tiene... el aspecto de alguien a quien no le ha dado el sol en tres días, que ha comido poco y mal. Más o menos la misma pinta que yo en el espejo del baño en el que nunca me quiero mirar mucho.

¡Si ese trabajo era su sueño! Me trago las palabras y pregunto:

–¿Y eso?

–No puedo más. Tú no los viste. No estabas allí. No te lo puedes imaginar.

Primero Eva, y ahora esto. ¿Qué le pasa a toda la gente que era mi refugio seguro?

–No te los puedes imaginar –repite, y llora.

Si tú supieras, Iryna. No me dirías eso si pudieras sospechar que mis noches están plagadas de visiones. Que las fotos que recibo y que publico, las que los muestran sonrientes, emocionados, con los ojos abiertos y brillantes, porque siempre son así, me asaltan por la noche. Que me los imagino heridos, ensangrentados, con la mirada perdida y la boca gritando en silencio, haciéndome chillar a mí.

Pero claro, ahora me muerdo la lengua.

–¿Dónde te vas a ir?

–A casa de mis padres. Solo pienso que quiero pasar tiempo con ellos. Por si acaso. Y tú deberías hacer lo mismo, Lesya. Nada de lo que los tuyos te hayan hecho los hace merecedores de vivir pensando que te pueda pasar algo así.

Mi cerebro levanta un muro de inmediato.

–Eso no es cosa tuya –respondo con toda la calma que soy capaz de reunir.

Saco el móvil y abro TikTok. Aquí abajo no hay cobertura, pero miro la pantalla como si me estuviera suministrando un flujo constante de entretenimiento. Refresca, refresca, refresca. Hasta que Iryna entiende que no le voy a decir nada más, y se marcha.

Luego, abro la conversación con Ilya.

«¿Quedamos?».

No importa que no haya cobertura: ya se enviará cuando acabe la colada.

Tiempo de uso: cinco horas y treinta y un minutos.

El domingo amanece nublado. Sofocante, con una promesa de tormenta que desmienten las tres aplicaciones diferentes en las que consulto el pronóstico del tiempo mientras desayuno.

La web que muestra la playa y el estado del mar me devuelve una imagen apacible: a pesar de las nubes, la afluencia no ha decaído. Me alivia ver que nadie cambia sus planes.

A mi mensaje, Ilya me respondió con una fila de emoticonos. Balón de playa, carita que vomita, barco.

«Te veo en el puerto deportivo. Hoy salimos a nadar al mar con mi padre».

Descubro que me gusta pisar las tablas del muelle, de suave madera oscura y desgastada por la humedad. El sonido que hacen al pasar sobre ellas es musical.

El barquito de Oleg parecía más pequeño en las fotos: se trata de una embarcación a motor, pero que también tiene una vela blanca, recogida. Por ahora, permanece cerrada, cubierta por una lona elástica. Ellos me esperan fuera: Oleg, Ilya, su hermana. De la madre, ni rastro.

–¡Buenos días, Lesya!

He visto tantas fotos de Natalia, mostradas con orgullo por su hermano mayor, que no me cuesta nada reconocerla en la adolescente que corre hacia mí. Su peso ligero produce notas agudas sobre las tablas.

«Tenía una voz demasiado grave para su edad, que solo aliviaba la risa frecuente».

No, hoy no. Hoy no quiero pensar en lo que escribiría de Natalia, de sus brazos delgados que me aprietan en un abrazo estrecho.

De su nariz cubierta de pecas, de la piel tostada y del pelo oscuro. Del bañador deportivo que asoma por debajo de su camiseta.

–Vamos, ¡ven!

Natalia me aferra de la mano y tira de mí para ayudarme a pasar a la cubierta.

Tampoco quiero pensar en lo que escribiría sobre Oleg. Sobre el gesto franco que solo se puede leer en sus ojos, porque el resto de la cara está cubierta por la barba cerrada. Su mirada destila simpatía cuando se posa sobre mí y, sin embargo, detecto unas ojeras que no recordaba.

Oleg no me abraza, ni me da dos besos. Su sonrisa me basta. Salta a la pequeña cabina de mando y se pone a trajinar delante del timón, pero encuentra el momento de alargar un brazo y apretarme el hombro cuando paso junto a él. Y yo siento una calidez que me atraviesa el pecho. Quisiera girar la cabeza y apoyar la mejilla sobre su mano. Quizá se sentiría como la de mi padre.

Desecho el pensamiento de inmediato y me vuelvo al aire libre, donde Natalia e Ilya cuchichean. Cuando me ven, callan de inmediato.

–Vaya cara de inocentes habéis puesto. ¿Hablabais de mí?

–Qué va. Anda, Nat, mira a ver si guardas esto –dice Ilya pasándole a su hermana una pequeña nevera. En cuanto la chica se aleja, él suspira.

–¿Algo que me quieras contar?

–No es nada.

Espero un momento. El silencio sigue siendo infalible cuando se trata de hacerle hablar. Él golpea la borda del barco con la punta de la chancla. Toc, toc, toc. Tres veces.

–Es que ayer hubo bronca en casa por la noche –susurra sin perder de vista a su hermana–. Ella se despertó, pero no se enteró bien de qué iba el tema.

–¿Qué era...?

Veo cómo sus hombros se hunden antes de contestar.

–Pues que nos vamos a ir, y no creo que tardemos mucho. Mi madre está muy desgastada por el trabajo, por las guardias, las horas extra currando sin los recursos necesarios y la perspectiva de que esto va para largo. Pero no cede todavía. Y Oleg se enfada. Él cree que debemos salir ya. ¿No has visto las noticias?

Las he visto, claro que sí. Las he leído en, al menos, siete medios distintos, y también las sigo en dos grupos de Telegram.

–Y tú, ¿qué opinas?

Solo me hace falta que me mire: él sigue pagando por lo que cree que ha hecho, intentando compensar la muerte de Piotr tratando de salvar otras vidas. Una culpa de la que nunca se va a librar.

–Yo los entiendo a ambos –elude la pregunta.

Alargo una mano y agarro la suya. La estrecha. Una, dos, tres veces. Alzo una ceja.

–Estoy bien. Bastante controlado, al menos –me tranquiliza antes de hacer saltar mis alarmas–. Lesya, tú podrías venir con nosotros cuando nos vayamos.

–¿Yo? Yo quiero ayudar –digo, pero mi convicción suena floja y él lo siente. Trato de escurrir mi mano de la suya. Me lo impide, atrapando mis dedos en el último momento. Sé lo que va a decir.

–Tú podrías hacer lo que haces desde cualquier otro lado. El teléfono bien que lo llevas siempre contigo.

Escucho en su voz un reproche que se hace eco en mi cabeza.

Por suerte, el barco comienza a maniobrar y él se aleja para ayudar a Oleg. Saco el móvil, a ver si disipo la mala sensación que me ha dejado la conversación, y que resulta no ser nada comparado con lo que se instala en mi estómago antes de que tenga tiempo de leer el primer mensaje.

–Chicos, creo que me mareo –aviso por encima del sonido del motor y el mar.

–Normal, si no sueltas el móvil –responde a gritos Ilya–. Anda, levanta la vista de la pantalla y busca un punto fijo en el horizonte.

Su indicación ayuda. Mi estómago se apacigua. Natalia me trae un vasito de agua que bebo a sorbos cortos.

–A mí también me pasa si intento leer o ver un vídeo –me tranquiliza–. El truco está en mirar lejos.

Natalia siente mi inquietud, pero yerra en sus orígenes. Una vez asentado mi estómago, el desasosiego que me embarga tiene otro motivo. Si no puedo mirar el móvil, no tengo vía de escape cuando mi cerebro decide desmandarse. Sin poder remediarlo, vuelvo a la pantalla. Quizá, ahora que ya abandonamos el puerto, pueda alternar entre el teléfono y el agua. O mirar TikTok por encima. Lo justo para sentirme segura.

–Lesya, tía, ¡no fastidies! Vas a acabar vomitando –me grita Ilya.

Me apaño. Tengo que aguantar. Lo guardo para ver si me deja de mirar mal, y contemplo el agua mansa. Se me hace extraño que no haya olas. Esta agua se parece más a la piscina que tanto añoro y, sin embargo, aquí la calma se transforma en una carencia. Le falta algo.

–¡Papá, para ya! –pide Natalia. El sol aprieta.

–¡Todavía no! –grita Oleg para hacerse oír por encima del ruido del motor.

–¡Lesya no se encuentra bien!

El motor se detiene al poco. La orilla está demasiado lejos. ¿Cuánto hemos navegado? Me estresa la idea de no poder volver rápido a la seguridad de la tierra firme.

Ilya y Natalia se despojan de su ropa a toda velocidad y se descuelgan por la escalerilla lateral.

Yo tardo más.

«Es como la piscina. Nada más».

Cuatro escalones resbaladizos. Y luego, la inmensidad.

Al principio, ni siquiera nado. Ilya y su hermana echan una carrera. Oleg nos contempla desde la borda.

Y yo floto, solo floto, sintiendo el agua que me empuja. El agua casi infinita. Si aquí me dejara hundir, mis pies no encontrarían dónde tomar impulso para regresar a la superficie. Podría caer para siempre.

–Vamos a avanzar algo más –anuncia Oleg al cabo de un rato.

Obedientes, los tres volvemos a subir. Durante nuestro baño, el padre de Ilya ha desplegado la vela.

–La navegación a vela es diferente –me comenta–. Puede que ahora te marees más o menos que antes, pero, por si acaso, no mires el móvil.

Lo dejo. Casi ni era consciente de que lo primero que he hecho al subir ha sido comprobar la pantalla. Ilya suelta un gruñido.

–Pensaba que aquí no ibas a seguir así –me suelta.

Su comentario desata ansiedad en mí. Entiendo que está molesto, y que parte de su desazón no tiene que ver conmigo, pero este no es el chico al que estoy acostumbrada. Y no me puedo alejar de él. Compartimos una superficie minúscula. A nuestro alrededor, la nada. Estoy atrapada. No puedo salir de aquí. Y lo necesito, escapar de esta conversación, de la acusación que siento clavada en mi nuca cuando me asomo a la barandilla.

Abro wasap. Quizá pueda escribir a mi madre. No sé por qué he pensado en ella en este momento, pero busco a toda prisa su conversación y pulso el botón de videollamada.

No hay señal.

No van las apps ni las redes.

Estoy completamente desconectada.

Quiero volver.

*Tengo* que volver.

Y entonces, el barco se detiene.

–¡Mirad! –Oleg se acerca deprisa, trae consigo unos prismáticos–. Mira, Lesya: ¡delfines!

–¿Qué? –atino a decir. Sé que, aunque mis compañeros me miren, no lo notarán. Así son los ataques de pánico, al menos los míos. Invisibles para los demás. El hombre me toma del brazo y me pasa los prismáticos. Natalia se coloca a toda prisa a nuestro lado con otro par.

–Delfines. Tienen aquí zona de paso en sus migraciones. Son preciosos –me explica la niña.

–Tenía esperanza de encontrarlos hoy –reconoce Oleg, la voz impregnada de emoción–. Pensé que te gustaría. Son de mis animales favoritos, ¿los ves?

Apenas. Las manos me tiemblan, mi cerebro reclama toda mi atención. Oleadas de pánico me recorren de arriba abajo. Aun con todo, intento seguir las indicaciones que me dan. Enfoco los prismáticos. Solo distingo algo de movimiento en el agua. De pronto, una aleta.

A mi lado, Natalia chilla. Uno de los animales salta fuera del agua. Su piel, oscura y brillante, refleja la luz y llena el agua de gotitas. Es precioso, sobrecogedor.

Pero yo no puedo sentir nada que no sea que me ahogo.

Este sería un gran momento para que me cayera una bomba encima.

–Oleg –susurro, y me aferro a su brazo, tratando de transmitirle una desesperación que no sé verbalizar–. No me encuentro muy bien. Me quiero ir. ¿Podemos marcharnos?

El hombre me mira. Frunce el ceño. Entiende que intento decirle algo, pero no tiene claro qué. Por si acaso, me coge la mano.

–Ahora mismo, no. El viento no sopla a nuestro favor y estamos muy cerca de los animales. No podemos encender el motor cuando están tan próximos, es la norma de conservación, ¿de acuerdo?

Me habla despacio, sin soltarme. Me doy cuenta de que es imposible que no note cómo me tiemblan las manos. Oleg las aprieta, envolviéndolas en las suyas. Su mirada se desliza un segundo hacia Natalia. De alguna manera, sabe lo que me sucede. Y no puede evitar querer que su hija no se entere.

Le suelto las manos con brusquedad. No necesito que nadie me proteja, ni que se tenga que proteger de mí. Busco el móvil y deslizo los dedos por la pantalla, frenética.

–Es que no hay cobertura, ¡no hay red! –grito, y ya los tres me miran porque hay demasiado pánico en mi voz. Me he oído.

–¡Mira, tía, ya basta con el móvil! –exclama Ilya. Está enfadado de veras. Y este vuelve a ser él, sin miedos ni culpas. La furia tiene en él el mismo efecto que la calma.

–Ilya, tranquilo.

–No, papá, es que se pasa el día pegada a la puta pantalla. ¡Todo el rato! Da igual de lo que le estés hablando, lo que le estés contando. No deja de mirarlo, de comprobar lo que está pasando en otra parte.

–¡¡Es lo único que me calma!! –chillo.

–¡Es lo que te pone enferma! –me grita él a su vez.

Y entonces me lo arrebata de las manos. En un segundo, ya no lo tengo.

Y sé lo que va a hacer.

–¡Ni se te ocurra tirarlo! –debería avanzar hacia él, pero estoy congelada.

–Es lo que te mereces.

–Ilya, ya basta –corta Oleg, conciliador.

Pero el miedo me supera y solo encuentro refugio en la ira.

–Si lo tiras, solo podrás hacerlo una vez –aviso, veneno en la lengua.

–¿Perdona?

–¿No necesitas hacerlo todo tres veces para estar tranquilo?

«La ansiedad podía hacerle decir cosas muy crueles. Cosas de las que se arrepentía al instante».

Ilya me mira un segundo. Confuso, dolido. Determinado.

No aparta sus ojos de los míos cuando lanza el teléfono al agua.

Amarro mi cerebro con el silencio.

Un silencio que ni siquiera pretende ser un castigo para Ilya, ni un desplante para Oleg y Natalia, quienes se ven obligados a respetarlo en el camino de vuelta. El alivio de regresar que tanto deseaba y ahora no puedo encontrar.

Si callo es porque toda mi energía está centrada en controlar: reviso una y otra vez mis pensamientos, como una policía que escanea la multitud en busca del que pueda ser un terrorista. El intruso que se pueda desmandar y sembrar el caos.

Ni siquiera me despido. Cuando amarramos, recorro el muelle, pasos estruendosos, y después, como una autómata, deshago mi camino de la mañana hasta la residencia, hasta mi habitación y hasta la cama.

Es habitual que me cueste conciliar el sueño por las noches: aunque madrugue, la oscuridad es buen terreno para los miedos. Por eso me aferro a mi peluche mientras veo vídeos donde mujeres con aspecto de ninfa me susurran que me merezco descansar.

Ahora es de día, y lo único que quiero es estar en la cama. Dormida, ningún pensamiento me acosa. Abrazo mi rinoceronte. Todavía huele a jabón de la lavadora. Hace pocos días, pero mucho tiempo.

La luz entra a raudales por la ventana. Ni siquiera me molesto en bajar la persiana. Mi piel está pegajosa por la sal del agua y noto un nudo húmedo en la nuca.

Y entonces, en algún momento, me duermo.

No es un sueño continuo. Mis ojos se abren de vez en cuando: la luz ha bajado, ahora es de noche. Hace calor y siento el aire espeso. La habitación no es muy grande y le ha dado el sol todo el día. La ventana cerrada ha hecho de invernadero.

¿Qué hora es?

Sin móvil, no tengo conciencia del tiempo.

¿Qué temperatura hará?

Otro misterio.

Me incorporo y abro la ventana. Se oye ruido de tráfico al fondo. Un camión de la basura.

Una suave brisa me acaricia la cara. Me seco una lágrima y regreso sobre la almohada.

Ni siquiera la nariz congestionada me impide volver a conciliar el sueño.

Vuelvo a la vida en pleno día.

Tengo un pensamiento en primera línea, un neón encendido a plena potencia.

Necesito un móvil nuevo.

O no.

Mi cuerpo me sorprende con una cuchillada en la boca del estómago que conozco bien. El frío mordisco de la ansiedad.

No puede haberlo provocado la idea de comprarme un móvil nuevo.

Tiene que ser hambre.

Así que cojo un paquete de fideos chinos y me dirijo a la cocina, a poner agua a hervir. En un momento, la vierto en el vaso de plástico, añado los condimentos y me dispongo a desayunar, o quizá comer.

Para descubrir que, cuando mi atención no está centrada en una pantalla, los fideos blandos flotando en un caldo de sobre deslavazado me resultan vomitivos.

El móvil tendrá que esperar. Me visto, me lavo la cara y bajo al súper más cercano a por algo de comida. Tardo más y menos de lo que esperaba. Descubro seis tipos distintos de pan, pero no puedo saber cuál de todas las harinas es mejor o cuáles son las diferencias, pese a que me leo todas las etiquetas. Normalmente los habría buscado en internet. Al final, elijo uno al azar y observo con diversión cómo la máquina lo hace rebanadas.

Por cierto, son casi las dos de la tarde.

Hay gente en la cocina cuando regreso. Están Kateryna y un chico, que me presenta como Yure y que debe de ser su pareja. Él me suena de vista, tiene una habitación en otra planta.

–Huele bien ese pan –comentan. Les ofrezco un trozo. Ella lo rechaza, él lo acepta y lo mordisquea.

Lo cierto es que está bueno. Sólido.

–¿Qué tal estás? –pregunta Kateryna. Ellos están comiendo unas ensaladas muy verdes.

–Bien, ¿por?

–Iryna nos ha dicho que te echemos un ojo –me dice con tono maternal.

¿Que se ha ido? No, ya me dijo que se piraba, y yo no le hice caso. ¿Al menos le respondí?

Me muerdo el comentario de que no soy una niña, y me centro en expresar agradecimiento porque Iryna se preocupara y porque ellos lo tengan en cuenta.

–Bien. Mejor, incluso. Lo único, que me he quedado sin móvil.

Yure suelta un silbido.

–Pues estás jodida.

Kateryna le da un codazo.

–¿Por?

–¿No te has enterado? Con lo pegada que andabas a la pantalla.

–¡Yure!

–¿Qué? ¡Si es verdad! Creo que es la primera vez que le veo la cara –se defiende él.

Ella me dedica una disculpa avergonzada. La acepto con la mayor cordialidad de la que soy capaz. Vergüenza, culpa, ansiedad. Las mastico junto a la corteza crujiente. Finjo serenidad

–¿Qué pasa con los móviles?

–Que no es fácil encontrar una tienda donde te vendan uno. Estamos desabastecidos. Entre los problemas de suministros y los miles que está usando el gobierno...

Controla. No pasa nada. Has estado bien esta mañana. Puedes seguir así.

Y siempre nos quedará Amazon.

Termino la rebanada de pan que me estoy comiendo. Quizá esta noche deba ponerle algo más. Jamón o, aunque sea, queso. Tendré que volver a comprar.

–¿Me dejáis hacer una llamada?

Yure arquea las cejas y niega con la cabeza. Kateryna me tiende su teléfono.

–Gracias –lo acepto. Salgo al pasillo y marco el único teléfono que me sé de memoria.

–¿Diga?

–Mamá, soy yo.

–Lesya, ¿qué ocurre?

–Me he quedado sin móvil.

–¿Cómo? ¿Te han robado? ¿Estás bien?

–Es demasiado largo de contar –comienzo a excusarme para, a continuación, encontrarme diciendo–: Ilya, el amigo del que te hablé, me lo ha tirado al mar.

Entonces, un sonido que no esperaba para nada.

Mi madre suelta una carcajada.

–¡Bien por Ilya! ¿Lo tenías harto ya?

Me encuentro riendo, un sonido histérico.

–¿Perdona?

¿Qué está pasando?

–Podemos ver el tiempo que pasas usando el teléfono, Lesya. Pero cualquiera te dice nada.

El maldito control parental.

Una imagen ocupa mi cabeza: mi madre sabiendo todo el tiempo que paso en la pantalla, las horas a las que estoy conectada, las aplicaciones en las que empleo mi tiempo. Y callando.

«Tenía una imagen completamente distorsionada sobre quiénes eran sus padres».

No importa.

–¿Por qué no me dijiste nada?

–¿Me habrías escuchado? Cuando te sacaron en las noticias, habría sido un buen momento para hablarlo. Pero no tuve valor. Temí que solo sirviera para distanciarte todavía más.

–Vale, mira, déjalo. El caso es que no tengo ordenador ni acceso fácil a internet ahora mismo. Estoy con un móvil prestado. ¿Podrías tú comprarme uno nuevo y mandármelo a la resi? –titubeo porque, en esta nueva personalidad que le descubro, sospecho la respuesta que voy a obtener–. Luego intentaré bajar a que me hagan un duplicado de la SIM.

–No te voy a coger otro móvil –me responde la voz de mi madre, firme como no la he oído en la vida.

–¿Qué? Tú sabes lo que he estado haciendo con él, mamá. Mi cuenta, la repercusión que tiene. Es importante. Dijiste que lo era.

–Claro que sí. Y tú también lo eres, Lesya.

–Deja de repetir mi nombre –pido con los dientes apretados. No quiero que nadie me oiga.

–Mira, igual esta es la oportunidad para que nos entendamos de una vez. Que se te clarifique un poco la cabeza.

–¡Mi cabeza no se va a arreglar por no tener teléfono! –chillo–. Más bien al contrario. Me ayuda.

Mi madre se ríe de nuevo.

–¿Apostamos? Me lo cuentas dentro de una semana de desintoxicación. Te llamo a la resi o, si me necesitas antes, usa tú el teléfono común.

No voy a estar una semana sin móvil. Ni aunque mi estómago, apaciguado por el pan, me pida lo contrario. Tarde o temprano se me va a ir la pinza, y a ver qué hago.

–Si no tengo móvil, no puedo recibir el correíto semanal de papá –la pincho, a ver por dónde sale.

–Es verdad. ¿Cómo viajaríamos antes de que hubiera móviles? No se me ocurre.

Increíble.

–No te reconozco –le rabio.

–Quizá yo esté cambiando, no te lo niego. Supongo que todos tenemos derecho a cambiar. O a hacer las cosas mejor. Y creo que esta es mi oportunidad de ser mejor madre, Lesya.

–No quiero hablar más –gruño. Me asusto. No sé qué hacer con esta conversación, con este día.

–Vale. Llámame si cambias de opinión.

La ironía no me pasa desapercibida. Cuelgo, regreso a la cocina y le devuelvo el móvil a Kateryna. Ella lo coge sin decir nada.

De pronto, me molesta escuchar el crujido de sus mandíbulas al masticar la ensalada.

Me vuelvo a la habitación. Callo a mi cerebro, escucho a mi estómago. Y espero.

Claro que los pensamientos me barren.

Era solo cuestión de tiempo.

El miedo llega en oleadas. Peleo con él hasta que lo acepto. Me lo llevo a la calle. Camino. Nadie nota lo que me pasa por dentro. Comienzo a mirar a los que me cruzo. ¿Lo sentirán también ellos?

Amaina. A lo lejos se oye una sirena, en otra parte de la ciudad.

Al salir para ir a la cocina, a cenar pan con queso que he comprado en mi caminata antiansiedad, oigo bureo en la salita común que hace las veces de cine en la residencia. Me pongo la comida en un plato limpio que no es mío, y me uno a la docena de estudiantes que están ya sentados frente a la pantalla, sobre la que el cañón proyecta una imagen ligeramente torcida.

Kateryna, sentada por delante de mí, me saluda. Me imagino que el de al lado es Yure, pero él no se vuelve.

Como el resto del tiempo, me encuentro echando la mano al bolsillo. Otro día, al acabar la película, habría sabido muchas cosas de ella, como por ejemplo el año en que se filmó, qué actor optó al papel principal pero tuvo problemas de agenda para aceptarlo, que está ambientada en Nueva York, aunque en realidad se grabó en San Francisco, su puntuación en tres webs distintas de crítica cinematográfica, qué canción suena mientras los protagonistas se besan. Y su argumento, claro, porque lo habría leído en Wikipedia al darme cuenta de que estaba perdiendo el hilo. Entonces me habría hecho un espóiler y perdido el interés.

En vez de eso, veo la película. A mi alrededor, unas cuantas caras no miran al frente, sino hacia abajo, y reconozco los brillos azulados de las pantallas que las iluminan. A mí me cuesta involucrarme al principio. Se me agolpan las dudas para las que estoy acostumbrada a encontrar respuestas inmediatas. Me despisto y me veo obligada a seguir el argumento con un agujero. ¿Cuándo se han conocido los protagonistas? Pero me río en un par de momentos, y me olvido de la realidad otro rato. Casi como si hubiera estado mirando las redes sociales.

Esta noche, me cuesta conciliar el sueño.

Los mensajes se me estarán acumulando en la cuenta. Quizá alguno importante. Quizá algún conocido.

Quizá no pase nada por dormir un rato sin todavía saberlo.

O quizá sí.

Como las agujetas, el segundo día es el peor.

La ignorancia que ayer noche me resultó un respiro, ahora se me antoja inquietud.

Necesito saber. Qué está pasando en el frente. Por qué el pan se ha puesto duro. ¿Qué tiempo va a hacer hoy? ¿Me habrá llegado el correo semanal de mi padre? A lo mejor Iryna me ha escrito. Espero que no le haya molestado que no me despidiera de ella. ¿Lo entendería? Y yo aquí, sin enterarme de nada.

Hago algo que solo he visto en las películas: después de desayunar, asumiendo que no saber por qué el pan se ha endurecido en vez de ponerse gomoso no altera en absoluto su acogedora presencia en mi estómago, bajo a la calle y compro un periódico.

Es curioso, esa pila tan ordenada de pliegos grisáceos. Su información es breve, contenida. Me da una dosis de realidad política finita. El tono es aséptico. Y las secciones mantienen un resquicio de normalidad. Deportes, cultura. Una receta, una entrevista. El mundo sigue girando.

Cuando lo cierro, quedo maravillada por su automático fin. No es el bombardeo constante de información que ofrece internet. Alguien ha seleccionado unas dosis. Ahora, se puede seguir con la vida.

Y eso me da una idea.

El sol aprieta, pero me conozco ya el camino y lo sigo por las sombras. No es el recorrido más corto posible. Me pierdo una vez, y tardo en encontrar la ruta de nuevo. He tenido suerte: es pronto. El barco de Oleg está amarrado en su sitio, balanceándose perezosamente.

Me siento y espero.

Qué extraño es esperar.

Creo que no lo he hecho nunca hasta hoy. Aparcar tu cuerpo mientras tu mente se desliza por el *feed* de las redes no es esperar.

Cuando ha pasado el rato suficiente como para poder apreciar que las sombras se han movido, distingo una figura conocida.

«Mi padre sale en el barco todos los días».

Él también me ha visto, y se me acerca, en su cara una disculpa ante la evidencia de que yo esperaba que viniera acompañado.

–Hola, Lesya. Siento mucho lo que sucedió el otro día –se apresura a decir, antes de que yo pueda responder–. No esperaba verte aquí. ¿Cómo estás?

–Hola, Oleg. Bueno, raro. A ratos me siento capaz de robarle el móvil a alguien con tal de tener uno, y otros no quiero volver a tener móvil nunca más. Atrapada y liberada a la vez.

Su cara refleja sorpresa.

–¿No te has comprado otro?

–Eeeeh, no. No debe de ser fácil. Y mi madre no me ha querido ayudar tampoco –farfullo. Mi excusa suena a mentira. A una que ni yo misma me creo.

–Supongo que esperabas encontrar a Ilya –dice Oleg, fingiendo que acepta mis palabras.

–Sí, más o menos. En realidad, creo que buscaba el barco –reconozco, dándome cuenta al decirlo en voz alta. Su cara, una vez más, muestra escepticismo.

–El otro día no parecía que lo pasaras muy bien –me recuerda.

–Ya... Supongo que ni yo misma lo comprendo. Es más bien como si mi cuerpo hubiera decidido por mí. Mi cerebro jamás le habría permitido desprenderse del móvil. Pero, ahora que no lo tengo, algo me impide hacerme con uno.

–Entiendo. Bueno, no del todo.

Sus palabras filtran una leve impaciencia.

–¿Puedo ir en el barco contigo? –pregunto. Casi antes de que me dé cuenta, se me escapa otra verdad de la que no me había dado cuenta–. Me gustaría volver a ver a los delfines.

La mención de los animales pulsa la tecla correcta. Lo acompaño hasta el barco y salto la borda. En un momento, estamos saliendo del puerto y pasando el rompeolas.

Esperar que no me asalte ninguna inquietud es pedir demasiado a mi cerebro. No hay red 5G que perder, pero la inmensidad del mar abierto me abruma de nuevo. Sin embargo, esta vez mi estómago se ancla en el reflejo de la belleza sobre la superficie ondulada. Y gana la partida.

Rodeados de calma, nos movemos arrullados por el runrún del motor. Oleg maniobra con seguridad sobre ese territorio que, a mis ojos, no tiene referencia alguna. Hasta que se detiene.

–¿Es aquí? No los veo –comento cuando se une a mí en la barandilla de la parte delantera.

–Yo tampoco, pero esta es su zona de paso. Esperaremos.

–¿Siempre los ves aquí? –pregunto, por romper el estruendo del silencio en mis oídos.

–No todo el año. Ahora están migrando. Siguen siempre la misma ruta, cerca de la costa.

–¿Cómo sabes tanto sobre ellos?

–Soy biólogo marino.

–No lo sabía, Ilya no me lo dijo.

Oleg sonríe.

–Seguro que te habló mucho más del trabajo de Marija. Su madre.

No hay rencor en sus palabras. Si acaso, leve diversión.

–Algo así. ¿Qué tal está ella?

–Mejor desde que tomamos la decisión –dice con suavidad, consciente de que me está desvelando nuevas recientes–. Seguiremos la misma ruta que los delfines.

Se van.

–¿Ilya está en el hospital? –pregunto, ahogando la otra cuestión que me asalta.

–Sí –suspira–. Es lo normal en él. Pasarse el día allí encerrado, gastando más energía de la que tiene. Lo ha sacado de su madre, supongo, porque si no, no lo puedo entender.

¿Sabrá Oleg la culpa que corroe a su hijo?

–Los días que más relajado lo he visto en los últimos meses han sido los que ha salido contigo. Te estamos muy agradecidos.

–¿No queda con más gente?

–No mucho. Era un niño alegre, pero con la adolescencia llegó un caso feo de *bullying*, luego las compulsiones, y con ellas se le hizo más difícil la vida social.

Siento una punzada de envidia ante la entereza con la que habla de la salud mental de Ilya. Seguro que Oleg es todo un puerto seguro para él.

–Por eso, entre otras cosas, quiero que nos marchemos –confiesa–. La situación que estamos viviendo no le ayuda.

–Pero él no quiere irse.

–Qué va a querer. Ni Marija. ¿Y vosotros?

Casi maldigo que Ilya haya sido tan discreto acerca de mi situación familiar. Le pongo al corriente. Está claro que, para la mente de Oleg, familiar y protectora, mi historia le resulta de ciencia ficción. Incrédulo, sigue mis explicaciones, pidiendo aclaración aquí y allí. Y, cuando acabo, me hace una pregunta que me descoloca:

–¿Y no quieres venirte con nosotros?

Bajo la cabeza para que no perciba lo que me turba su pregunta.

«A veces es más fácil hablar con un desconocido».

–En realidad, desde el primer día, mi padre me manda un pasaje de avión cada semana –confieso, reviviendo con Oleg una conversación que ya mantuve con su hijo.

–¿Y por qué no lo coges?

Esta vez tengo más claro qué responder.

–¡Porque soy una cobarde! –suelto al aire–. Porque me da pavor la idea de tener que empezar de cero en otro sitio. De tener que tomar decisiones. Temo estar aquí, pero todavía más todo lo que implica huir.

–Te da miedo vivir –resume él. A mi pesar, sus palabras son certeras.

Todo me provoca aprensión.

El horror de quedarme, el espanto de empezar de cero.

Tener que escoger, sin saber lo que me espera más adelante. Todo posibilidades, ninguna certeza.

Una elección a ciegas.

Es más fácil avanzar cuando me obligan. Cuando me fuerzan a enfrentarme a que no me gusta la realidad que yo misma he creado.

¿Cuántos mensajes se habrán acumulado en mi cuenta? ¿Cuántas notificaciones tendré aguardando?

De pronto, me doy cuenta de algo: ya no quiero saberlo.

Y eso me obliga a aceptar algo más.

«¿Y no quieres venirte con nosotros?».

Pues claro que quiero.

Ojalá tuviera una familia como la de Ilya.

–Creo que me voy a bañar –declaro, apartándome de la borda. El agua sigue en calma, y yo necesito sumergirme en ella. Oleg respeta mi salida. Me quedo en bañador y tomo una decisión loca: en vez de usar la barandilla, cojo carrerilla y salto por encima.

Lo último que oigo es la risa de Oleg. Luego, el chapuzón y el rumor submarino se mezclan con el eco de la sangre en mi cabeza.

Abro los ojos.

Y allí está.

Habremos estado tan abstraídos en nuestra conversación que ninguno de los dos lo hemos visto.

Un delfín, suspendido en el agua, mirándome. Se me escapa una bocanada de burbujas. Peleo por mantener el aire en los pulmones. El animal me contempla, con su frente abombada y su gesto de sonrisa. Es como un sueño, filtrado por los rayos del sol que se cuelan en abanico a su alrededor.

Y lo oigo: escucho su suave llamada, un chillido musical. El delfín se mueve de pronto, más deprisa y con mayor fluidez de la que esperaba en su cuerpo larguirucho, que se contonea para aproximarse.

Me quedo sin aire y braceo hacia la superficie. Él me sigue.

–No lo toques –Oleg me susurra desde la borda cuando emerjo boqueando.

Pero es él el que me toca a mí: se acerca mientras contengo el aliento, y desliza el lomo completo por mi costado. Su cuerpo es recio; su piel, satinada. Después, emite un chillido y se vuelve a sumergir con alegría, trazando un remolino a mi alrededor y sin salpicar ni una gota.

–Sube, corre –me apremia Oleg mientras braceo hacia la barandilla.

–¿Son peligrosos? –pregunto bajito mientras me aúpo.

–Nosotros para ellos –me corrige él–. Vamos a desplegar la vela.

–¡Mira, mira!

Mi delfín ya no está solo, sino rodeado de unos cuantos más. Cuento ocho y una cría.

Cuando Oleg logra desplegar la vela, esta capta una leve brisa y el barquito se pone en marcha.

Ellos, divertidos por nuestros movimientos, echan a nadar y nos adelantan, nos abren el camino.

—Nos vamos la semana que viene —susurra Oleg al cabo de un rato, respondiendo a la pregunta que no me he atrevido a hacerle en todo este rato.

Yo sigo en la proa, mirando los delfines, donde Oleg no pueda ver mis lágrimas.

Dejo pasar tres días procesando la información. No vuelvo a buscar a Oleg. Duermo hasta tarde, paseo, voy a nadar, veo películas. Y lo hago todo de verdad, al cien por cien.

Al cuarto día, suena el telefonillo instalado junto a la puerta de mi habitación, que me comunica con el conserje de la residencia. Su sonido me sobresalta: en el tiempo que he vivido aquí, nunca lo había oído.

–Un mensajero para ti –me anuncia la voz distorsionada del hombre.

Bajo a recepción, doy mis datos al mensajero que me espera y recojo un sobre acolchado de tamaño medio y color marrón. El conserje lo mira con intriga.

Sea lo que sea, no pienso abrirlo en su presencia: me vuelvo a mi habitación y lo rasgo tirando de una cinta que se desliza con suavidad para revelar su contenido: un billete de avión a mi nombre.

Así que mi padre sabe que me he quedado sin móvil, y eso no lo detiene. ¿Quién necesita el correo electrónico, teniendo el postal?

«¿Cómo viajaríamos antes de que hubiera móviles?».

No lo tiro, como he hecho hasta ahora con sus correos. No es tan fácil perder de vista una cartulina con tu nombre impreso. Y ni siquiera estoy segura ya de querer hacerlo. En vez de eso, lo deposito sobre el diminuto escritorio que tengo frente a la cama y lo plancho con las manos.

El telefonillo vuelve a sonar. Quizá me haya dejado algo. O será el conserje para que le cuente lo que he recibido.

–Otro paquetito para ti –me avisa con voz cantarina.

Bajo de nuevo. El repartidor esta vez me espera en la puerta, mirando la calle hasta que escucha mis pasos a su espalda.

Se vuelve, y no es para nada un desconocido: se trata de Ilya.

El conserje se ríe.

Ilya se pone colorado.

–Hola –me saluda, visiblemente azorado por la presencia del bedel.

–Ven, sube.

Sea lo que sea de lo que hablemos, no lo vamos a hacer bajo su mirada cotilla.

–¿Estás segura?

–Pues claro. Esto es una residencia mixta. Nadie supervisa a quién llevamos a nuestras habitaciones.

«¿Qué hace aquí?».

Mientras me sigue por las escaleras, vigilo sus pasos. Pisa normal, sin movimientos repetitivos ni extraños. El pasillo está enmoquetado, así que es fácil para él recorrerlo. No hay líneas que saltar.

–Es esta –anuncio entrando en mi habitación delante de él.

¿Sabes cuando ves algo a través de los ojos de otro? Y es que yo nunca espero visitas. Ilya es la primera persona en entrar en mi cuarto, aparte de mí y de Iryna, y al dejarle pasar, comienzo a percibir el desorden en el que vivo.

Estiro a toda prisa las sábanas y me siento al pie de la cama, dejándole a él la diminuta silla del escritorio después de quitar la ropa que se amontona sobre ella. Cuando Ilya se deja caer, la pobre tiembla.

–¿Estás furiosa conmigo? –pregunta al fin.

–Sí. No. Es raro –admito.

–Un poco de ayuda, por favor –se ríe y se pasa la mano por el pelo, tres veces.

–Te pasaste. Mucho. Era un objeto personal, valía una pasta. No tenías ningún derecho. Pero... de alguna manera, entiendo por qué lo hiciste. Y la comprensión serena mucho el enfado. Y yo también me pasé.

Ilya ignora mi última frase. Con un gesto tímido, mete la mano en el bolsillo de atrás de su pantalón y saca un paquetito. Me lo tiende, lo cojo de su mano y lo saco de la bolsa de plástico sin distintivos que lo protege.

Un móvil.

–No lo mires como si fuera una víbora –se ríe, los nervios apenas filtrados en el intento de broma–. Ya sé que no es tan bueno como el que tenías, pero es el que he podido conseguirte. Creí que ya tendrías otro, o igual te acabas de comprar uno, pero...

–No lo quiero –me oigo decir. Sus ojos se abren como platos.

–¿Me estás vacilando?

–No, para nada –respondo, y se lo devuelvo. Está flipado, pero, aun así, lo recoge de mis manos.

–Pero si estabas... –se muerde el labio y busca la palabra. *Obsesionada. Enganchada.* Una que no me ofenda ni estropee la situación, ese rápido intercambio de palabras con que nos hemos lanzado a la conversación.

–Lo estaba –asiento–. Usándolo demasiado, como vía de escape, todo el tiempo. Lo sé. Como una adicta.

Ya lo digo yo para que no lo tenga que decir él.

–Pues no lo parece –juguetea con la caja–. Un adicto se habría hecho con uno de inmediato, de forma ilegal si hubiera hecho falta. Todavía recuerdo cuando Oleg dejó de fumar. Un día lo encontramos envuelto en humo dentro de un armario.

–Bueno, pues yo me he desintoxicado de golpe –bromeo.

–Pero ¿estás bien? –pregunta, y veo entonces la culpa que lo carcome. Otra culpa más en su lista de agravios.

–Sí, no, es raro –repito. Funciona, se ríe–. Quizá no tuviera una adicción. Solo estaba abusando del refugio que proporcionan las redes. El *scroll* infinito que sirve para sustituir el flujo inacabable de pensamientos. Y no me sentía capaz de dejarlo. Pero ahora... –enfrento lo que siento y trato de ponerlo en orden–, ahora tengo miedo de volver a estar así. Pienso en la cantidad de mensajes que estaré recibiendo, en las expectativas de la gente, y solo sé que quiero correr, huir de ello. Que no quiero verlos, que no quiero leerlos más, que no soporto la idea de seguir viendo las caras de los muertos, ni siquiera para honrarlos. Siento que le estoy fallando a un montón de gente, pero...

–... pero has entendido que también tienes que cuidarte tú –termina él la frase por mí cuando las lágrimas me ahogan–. ¿Quieres un abrazo?

Le digo que sí con la cabeza, y él se sienta en la cama junto a mí y me pasa los brazos por los hombros.

–Iba a ir a buscarte al hospital para hablar –susurro al cabo de un rato.

–Nada, ya está. Podemos seguir siendo amigos.

Me aprieto un poco más contra él y noto cómo toma aire en tres inspiraciones. Luego me suelta. Ahora ya no sabe qué decir.

–¿Tú cómo llevas lo de vuestra partida?

De inmediato, baja la vista al suelo.

–Solo regular –reconoce–. Siento no habértelo dicho. Oleg me contó que te había invitado a venir con nosotros.

Ninguno de los dos dice nada durante un instante.

–Por eso venía a verte, también. Además de lo del móvil. Suponiendo que me hablaras y tal.

–¿Para convencerme de que me una a vosotros?

¿Quiero que me lo pida? ¿Es eso lo que percibo en la boca del estómago?

–No, en realidad iba a pedirte otra cosa.

Me separo para tener mejor visión de su cara. Ya no mira al suelo: durante un segundo, sus ojos se desvían hacia la caja del teléfono.

Y me invade una certeza sobre lo que me va a pedir. Por su expresión de culpa, por cómo se ruboriza, porque se recoloca el pelo.

No.

Eso no.

Me niego a coger ese teléfono, y menos aún para eso.

–Quiero... Antes de irme, querría hablar con la madre de Piotr.

Lo sabía.

–¡Ni de coña! Eso te va a trastornar.

«¿Te niegas por ti o por él, Lesya?».

Ilya sacude la cabeza.

–Al contrario. Creo que es lo que necesito.

–¿Qué esperas? ¿Convencerla de que su hijo no era como ella lo veía? ¿Que te diga que lo que pasó fue un accidente?

–No lo tengo claro –admite–. Quizá busque conciliar su versión de él y la mía. Tener una visión completa de quién fue.

–Eso no arreglará el daño que te hizo. Conocer las justificaciones del acosador no lo exime de su responsabilidad.

–Ya, ya. Pero aun con todo. Por favor.

No quiero. No quiero encender el teléfono, abrir el perfil, ver el flujo descendente de notificaciones entrando en cascada.

–Me da miedo el teléfono –susurro–. Ser una débil, no poder controlarlo, acabar igual. Tengo miedo de tener tanto miedo.

Ilya calla y yo tomo una decisión.

–Arráncalo tú. Inícialo, te doy las claves y entras. Y luego te lo llevas.

–¿No vas a volver a tener un teléfono nunca?

No hay ironía en su pregunta.

–No, no es eso. Pero, por el momento, va a ser así.

Quizá más adelante. La caja del teléfono ha quedado junto al billete que ha enviado mi padre. El que no he tirado. Algo más está cambiando en mí, pero de una forma tan sutil que creo que desaparecerá si le presto atención. En lugar de eso, lo dejo fluir, recojo la cajita y se la tiendo a Ilya.

–No me hace falta –responde. Saca su propio móvil, abre Instagram y cierra su cuenta. Después escribe mi nombre de usuario.

–¿Contraseña?

Se la deletreo. La palabra maldita, la que evito decir y nunca he mencionado en mis publicaciones.

«Guerr@2024».

–¿Quieres escribir tú? –me pregunta, cortés como siempre.

–Prefiero que no. Me agobia ver las notificaciones que tendré pendientes.

–Vale –busca entre los mensajes hasta que encuentra el de la madre de Piotr–. Creo que pondré: «Hay una persona que conoció a vuestro hijo en el instituto y querría hablar con vosotros. Os dejo su número de teléfono». ¿Te parece?

Asiento. Es bastante respetuoso, les deja espacio para decidir. Luego, cierra sesión y me enseña que ha vuelto a la suya.

–En realidad, ahora que lo has hecho... –digo–. Se me acaba de ocurrir que tal vez sería una buena idea colgar un post diciendo que voy a estar en pausa una temporada. Para que la gente lo sepa y no se cree expectativas, y para que no piensen que, ya sabes...

–¿Quieres que lo haga ahora?

–No hace falta que sea en este mismo momento. Tienes los datos, puedes entrar cuando quieras.

–De acuerdo. Esta noche, entonces.

Se pone en pie. De pronto, no tenemos mucho más que decirnos.

–¿Seguro que no quieres el móvil?

–Por ahora no.

Tres palabras que me quitan un peso de encima.

Su móvil suena y una llamada aparece en pantalla.

–Ostras. Seguro que es ella.

–¿Quién?

–La madre de Piotr –me enseña la pantalla, que muestra un número desconocido.

–Pues hale, ánimo.

–Ahora no –le cuelga y toma aire–. Luego se la devuelvo.

–¿Cuándo os vais? –pregunto.

–El jueves.

–No tienes mucho tiempo para actuar.

–Es cierto. Intentaré quedar con ella mañana o pasado, o hacer una videollamada si no podemos cuadrar.

–Me cuentas.

–¿Sin teléfono?

–Ya sabes dónde estoy –me río.

–Me da miedo el conserje.

–Y a mí –le dedico media sonrisa y me dirijo hacia la puerta. De pronto, siento la necesidad de ponerme en marcha. Porque estoy harta de tenerle miedo a todo.

Esa noche, saco la maleta del altillo donde está guardada desde que me trasladé aquí. Le soplo la fina capa de polvo que cubre las pegatinas que con tanto orgullo acumulé. En otra vida. Cuando se me quedaba pequeña para un viaje de una semana. Cuando tenía que sentarme encima para poder cerrarla.

Ahora, todas mis cosas no la llenan.

A la mañana siguiente la deshago. Lo saco todo, con las manos temblorosas.

Y lo vuelvo a meter. Y a sacar. Mi cama parece un campo de batalla.

A ratos lo veo claro: me marcho. Es un pensamiento nuevo y brillante en mi cabeza, casi cegador, que ilumina lo que le interesa. Me imagino usando el billete de avión que aún reposa sobre mi mesa, aguardando en la cola de embarque con el estómago preso de nervios ilusionados. O, a ratos, me veo en el barco con Ilya y su familia y me invade la confianza. Me voy, cómo he podido tardar tanto en decidirme, todo saldrá bien, el alivio de verlo claro al fin me embarga y quiero cantar.

Y, de pronto, mi cerebro me la juega, una vez más. No, no lo haré, cómo me voy a ir. No seré capaz, quizá llegue al aeropuerto, pero me congelaré en la cola del embarque, víctima del pánico helado que ya puedo anticipar. Irme con Ilya tampoco es una buena opción: el viaje en barco es largo, a su madre ni la conozco, ellos estarán tensos y yo solo seré una molestia. De ninguna de las maneras, no, me quedo aquí, aunque me pueda caer una bomba. Ningún momento es bueno para que lo haga, pero no tengo otra salida que resignarme. Lo acepto y me calmo, una serenidad triste que me acaba devolviendo al punto de salida.

No puedo vivir así, aquí, me marcho, todo saldrá bien.

Y así, en bucle, toda la mañana.

Salgo al pasillo y paseo arriba y abajo. Mis pies se hunden en la moqueta, nadie me oye. Me cruzo con Kateryna y Yure, que salen de la habitación de ella. La chica me dedica una media sonrisa inquisitiva, creo que se quiere interesar por mí. Él tira de su mano y ella se pliega a sus deseos, baja la mirada y se alejan sin cruzar palabra.

¿Qué mierda acaba de ser eso?

Ojalá Iryna estuviera aquí.

Y entonces se me ocurre una idea. Ella me dejó su dirección garabateada en un pósit. Lo he visto cada una de las veces que he metido y sacado de la maleta la carpeta donde guardo los documentos personales, el título de la secundaria y los certificados de idiomas. Lo cojo triunfal, y abandono la habitación con la maleta a medio hacer.

Por suerte, el pueblo donde viven los padres de Iryna es casi un barrio residencial de la ciudad. Tras leer largo rato el mapa impreso en la marquesina del autobús, pintarrajeado y lleno de quemaduras, descubro una línea regular que me lleva a él.

El autobús me inquieta. Es un sitio del que no puedo salir si las cosas se complican, si mi cerebro se colapsa; y encima tengo que coger transbordo. El primero de ellos me acerca al centro, a una parada concurrida. Nunca visito esta parte de la ciudad entre semana. Mirar por la ventanilla ofrece una agradable sensación de normalidad: gente trajeada que va a trabajar, cafeterías sirviendo desayunos. En un colegio veo el patio lleno de niños que juegan.

El segundo autobús tiene las paradas más separadas. Cruzamos varias calles con casas derruidas por los bombardeos. Nadie hace el más mínimo gesto, salvo un niño pequeño que lo señala. Su abuela se lo recrimina.

Luego, un tramo de campo, una gasolinera, un supermercado.

Y el barrio de Iryna. Edificios grises, de hormigón desnudo, industriales y con las ventanas pequeñas. Pues claro que quería salir de aquí.

Y, sin embargo...

Su portal no está lejos de la parada en que me apeo, pero, sin el navegador, me pierdo dos veces. Las calles que traté de memorizar en un plano turístico de la ciudad no me sirven de nada. Pregunto a una señora mayor e intento retener en la cabeza las indicaciones. A la derecha, dos a la izquierda. Sigo sin encontrar la dirección que pone en el papel. Unas adolescentes que comen helado me devuelven a la ruta y, por fin, encuentro la calle correcta.

El portal es oscuro, con plantas que se ven a través del cristal tintado de la puerta. Llamo al telefonillo y me responde una voz de hombre.

–Hola, soy Lesya, amiga de Iryna, de la resi...

¿Les habrá hablado de mí? La puerta se abre al instante. No hay ascensor. Cuarto piso.

Iryna me abre la puerta antes de que llame al timbre.

–¡Lesya! ¿Qué haces aquí?

Y me ahoga en un abrazo bien prieto. Joder, qué bien sienta. Dejo que sea ella quien me suelte primero y me separe para examinarme con atención.

«Desde que volvió con sus padres, parecía otra persona».

–Ostras, Iryna, estás distinta –susurro, sonrío.

Ahora me doy cuenta de la factura que le estaban pasando las últimas semanas en la resi. La chica que tengo delante ya no tiene tantas ojeras, se le ha redondeado la cara, ha recuperado algo de color. Se ríe.

–Estoy mejor –asiente–. He ido al médico, pero estar aquí me está ayudando mucho. Tomé la decisión correcta. Pasa, anda.

Me lleva hasta un diminuto salón, con tapetes de ganchillo en las butacas. Se oye trasiego de cocina.

–¿Cómo es que has venido? No te voy a engañar, no pensaba que fuera a volver a verte. Es más –se azora–, te escribí el otro día y ni siquiera te llegó. Creí que me habías bloqueado o algo.

–Qué va. Es que estoy sin móvil.

–¿Tú? –salta–. Bueno, perdona, pero...

–No, entiendo que lo flipes. Te cuento.

Y la pongo al día. Su padre interrumpe para ofrecernos café o té. Iryna se le parece mucho. Acepto el té, Iryna le pide café y yo sigo hablando, vaciándome.

–Total, que aquí ando. Sin saber si quedarme o marchar.

Y me como el «tú qué harías» que tengo en la punta de la lengua.

–Ya veo. No creo que yo te pueda ayudar –responde ella tras beber un poco de su taza–. Cada persona es distinta y, por mucho que lo intentemos, no podemos ponernos en la situación de nadie.

Sonrío avergonzada. Sé que no lo dice con segundas.

–Pero...

–Pero, si hasta ahora ni se te pasaba por la cabeza irte de aquí, y de pronto te acosa el pensamiento, puede que sea por algo.

–Puede. En realidad, es posible que siempre estuviera ahí, y que yo huyera de él. Pero ahora todo el mundo parece empeñado en cambiar: mi amiga Eva, mi madre, que no parece ella..., incluso tú. Supongo que me estáis arrastrando.

–Pues ahí lo tienes.

–¡Solo que me aterra!

–Hombre, pues claro. Vivir da un poco de miedo, ¿verdad?

–¿Vosotros os vais a quedar aquí? –eludo su pregunta.

–Sí. Mi padre no tendría fácil encontrar trabajo en otro lado. Mi madre tiene una afección cardiaca. Mi hermano está en el frente.

Esas palabras caen como una losa.

–No lo sabía –murmullo, aplastada por la vergüenza de haberme mantenido tan ciega a su realidad. A la de tantas vidas distintas de la mía.

–No pasa nada –se encoge de hombros–. Para nosotros es la decisión correcta. Pero para otros puede no serlo.

Y en las palabras de Iryna, en su cara sonriente y sana, lo acepto. Que tengo que mirar por mí, dejar de pensar qué harían los otros. Que, por mucho que analice las circunstancias de cada uno, que me obsesione con buscar patrones, motivaciones comunes, no conseguiré sacar nada en claro. No puedo leer su corazón, y las decisiones grandes de la vida no se toman siguiendo la lógica.

Quizá huir de aquí no sea escapar de mí misma, sino la manera de conocerme.

Eso es lo que estoy haciendo.

–¿Un poco más de té? –el padre de Iryna asoma por la puerta, y acepto la oferta. Todavía tenemos mucho más que hablar.

Vuelvo a la residencia tarde. Siento una satisfacción rayana en la felicidad. Me preocupa. No es que crea en el karma, pero tampoco recuerdo la última vez que me sentí tan serena sin que pasara de inmediato algo que me trajera de vuelta a la tierra. Me meto en la salita de cine para ver una película que ya ha empezado. No es una buena idea: a Hollywood le encanta mostrarnos un personaje felizmente despreocupado justo cuando la vida le va a vapulear.

Solo hay cuatro personas allí.

Kateryna es una de ellas, y se mueve de su asiento cuando me ve.

–Te ha estado llamando un tal Ilya toda la tarde. El bedel te ha buscado hasta que se ha ido. Quería que lo llamaras cuando pudieras.

Me muerdo el labio:

–Sigo sin móvil.

–No pasa nada, coge el mío. Este es el número que ha dejado.

Y me tiende un papelito doblado.

Abandono la película; total, no me iba a enterar de nada. Marco el número de Ilya. Sé que descuelga porque deja de dar tono, pero no oigo nada al otro lado de la línea.

Bueno, nada no. Repiqueteos en tríadas.

Cada vez tengo las cosas más claras. Cosas como saber qué hacer en esta situación.

–¿Cuándo has quedado con la madre de Piotr? –pregunto al silencio–. Dime hora y lugar y allí estaré.

Quedamos en una cafetería de un centro comercial. El tipo de sitio en el que te paras mientras tu pareja mira una tienda que no te interesa o esperas a que tus hijos salgan del cine. Es posible que la madre de Piotr no quiera recuerdos asociados a esta reunión.

Ilya está de los nervios. Con todo, admiro su valentía. Se sienta a la mesa, pide una infusión para cada uno y se queda mirando a la puerta hasta que la ve.

Me alegro de haber venido: la madre de Piotr aparece acompañada de otra mujer más joven, de unos treinta años. Así somos dos a dos. Yo no pinto mucho, pero mi presencia equilibra la balanza.

–Hola, soy Lidia y ella es mi hija mayor, Vira.

Lidia es una mujer delgada, muy rubia, con los ojos cansados y serios. En la mirada de Vira, sin embargo, detecto hostilidad cuando se sienta frente a mí.

–Yo soy Ilya, y ella Lesya –nos presenta mi amigo.

–¿Qué pinta ella aquí? –suelta Vira–. No hablaste más que de ti mismo.

–Yo llevaba la cuenta de Instagram que publicaba los obituarios –aclaro con rapidez–. Por eso le he acompañado hoy.

La madre de Piotr nos sonríe. Pide dos cafés y esperamos a que los traigan.

–Qué joven eres para llevar esa carga –comenta.

Como no respondo, retoma el hilo:

–¿De qué queríais hablar? –pregunta con suavidad.

Miro a Ilya. Es su turno.

Y él, valiente, lo cuenta todo. Habla de sus años de instituto, de Piotr, de cómo se burló de él. Vira quiere interrumpirle, pero su madre le hace un gesto y ella se muerde la lengua. Cuando se remueve en su silla, me da una patada por debajo de la mesa.

Ilya no se regodea. No le interesa esa parte más que como prólogo a lo que pasó después.

Su enfado, la carrera, la bomba.

Vira se recuesta en su silla, cruzada de brazos, y enarca las cejas hasta el nacimiento del pelo.

–No me lo puedo creer, mamá. Vámonos –dice.

–Shh, calla –le corta Lidia, con una voz helada que entibia cuando se dirige de nuevo a Ilya–. Sigue con tu historia, por favor.

–En realidad, no hay mucho más que contar –suspira él.

–Desde entonces está «pagando» por lo que pasó –intervengo yo, entrecomillando las palabras con los dedos–. Se pasa el día en el hospital, tratando de olvidarlo y de compensar algún tipo de balanza infinita del karma.

Vira resopla. Estoy tentada de devolverle el puntapié. Me contengo. Sobre todo, porque Lidia sorbe despacio su café, reflexionando. Se parece mucho a su hijo, con ese pelo dorado, aunque en su caso estriado de canas.

Los demás esperamos.

–Sé bien cómo era mi hijo –dice al fin la mujer. Contengo el aliento. Es poco probable que lo que diga acabe con la obsesión de Ilya, pero muy fácil que lo hunda en la miseria–. A pesar de lo que a menudo pueda parecer, los padres no somos ciegos a los defectos de nuestros niños. Pero no podemos controlar sus actos. Si mi hijo se portó mal contigo, por desgracia, no hay nada que yo pueda hacer al respecto. Y que conste que ni por un instante dudo de tus palabras. Que él, si estuviera aquí, pudiera contar otra versión de los hechos, no invalida para nada tus sentimientos.

El aire vuelve a circular por mis pulmones. Lidia no ha terminado.

–¿Qué quieres de mí, Ilya? –pregunta con una sonrisa en la que cabe toda la tristeza del mundo–. ¿Buscas que te perdone, o quieres que te culpe?

La pregunta es absurda. O no. ¿Acaso a veces no buscamos que nos confirmen lo peor que creemos de nosotros mismos?

–Si quieres que te redima, no tengo nada que decir. Lo que pasó no fue para nada culpa tuya, pero eso ya lo sabes. No te va a ayudar saber que esa casa, la que la bomba destruyó, era la nuestra. Nos habíamos mudado allí dos años antes.

–Hubiera entrado de todas maneras –susurra Ilya, la mirada prendida en su interlocutora. Hace rato que están ellos dos solos en la mesa–. O no. Quizá había salido y regresó por mi culpa.

–Con eso vas a tener que vivir. Pero si lo que esperas es que yo te confirme la culpa, que refuerce esa voz que te está machacando la cabeza, me niego a hacerlo. La muerte de mi hijo fue devastadora. Pero tú también serás hijo de alguien que querrá que vivas. Y esto no es vivir.

Lidia cruza las manos sobre la mesa y coge las de Ilya. Los dos lloran.

Los cuatro lloramos.

Me excuso para ir al baño a secarme las lágrimas. Vira sale a la calle con la excusa de fumarse un cigarrillo.

Las últimas palabras que intercambian quedan entre ellos dos.

Después, Lidia recoge su bolso y se marcha sin mirar atrás.

Ilya me acompaña hasta la residencia.

–¿Estarás bien? –le pregunto–. Puedes pasar y quedarte un rato.

–No, gracias. Tengo mucho en lo que pensar.

Me dedica una media sonrisa. Contengo las ganas de darle un abrazo.

No, se lo doy. Le echo los brazos al cuello y él me rodea con los suyos. La primera vez que lo hice, sonaban las alarmas de ataque aéreo. La segunda, le dejé la camiseta llena de lágrimas. Creo que este es el primer abrazo que los dos compartimos por igual, impregnado de cariño.

–¿Te veo mañana? –susurro cuando me suelta. No añado nada más.

–Sí. Mañana –se suelta y se aleja deprisa. ¿Le habré dejado el mismo agujero en el pecho que él a mí?

Subo a mi habitación. Despacio, recojo toda la ropa y enseres desperdigados por la cama y los vuelvo a meter en la maleta. Me gustaría hablar con mi madre. Quizá debería comprarme uno de esos teléfonos para ancianos que solo tienen una pantalla amarilla de una línea y teclas gordas con números enormes.

Esa noche, en la cama, sudando y casi llorando de desesperación por los nervios que me impiden conciliar el sueño, siento la tentación de levantarme a volver a vaciarla.

Qué más dará, la maleta llena o vacía. Como si eso fuera lo que cuenta.

Y me duermo.

Tengo la ventana abierta por el calor y el ruido de la calle se cuela por ella. Algún perro que ladra, coches que aceleran aprovechando la calle vacía.

Y, en la distancia, muchas más sirenas de lo habitual. El sordo vibrar del suelo. Lejanas como para saber que no necesito salir de la cama; no tanto como para que la inquietud de siempre no se filtre en mi cabeza. ¿Conoceré a alguna de las víctimas?

Me duermo, pero no descanso.

Pronto me levanto. En la cocina me hago un té rápido. El frigorífico común está casi vacío.

Cada vez queda menos gente en esta residencia.

Me marcho a la playa. Es de día porque todavía amanece muy temprano, pero no hay ni un alma. Falta tiempo para la hora en que Ilya me dijo que partirían. Me doy un chapuzón rápido. La marea está alta y apenas hay olas. Nado. Me pregunto si los delfines estarán cerca. Ojalá poder volver a verlos.

He estado más tiempo del esperado en el agua. Me seco rápido y mal, y salgo pitando hacia el puerto, la humedad retenida entre los dedos de los pies chirriándome dentro de las zapatillas.

Ya hay trajín en el barco. Distingo tres personas.

–¡Hola! –saludo cuando estoy lo bastante cerca para que me puedan oír.

Los tres se vuelven.

Estoy lo bastante cerca como para ver sus caras. Oleg, Natalia, Marija, mirándome al mismo tiempo.

El suelo ha vibrado mucho esta noche.

Mi cerebro, apegado a las viejas costumbres, no ha perdido práctica, y teclea contra mi frente a toda velocidad.

«Ilya, 19 años.

Estudiaba Medicina, convencido de que su conocimiento de primera mano de la importancia de cuidar la salud mental lo llevaría a poder ayudar a sus pacientes.

Cariñoso hermano mayor, pasaba muchos días trabajando como voluntario en el hospital de Liuv. El resto de su tiempo libre lo pasaba con su familia.

La voz que le han quitado era cantarina...».

Oleg se me aproxima.

Trae algo en la mano. Un sobre. Un puto sobre.

–Ilya lo ha dejado para ti –murmura con una media sonrisa tímida. ¿Cómo puede sonreír? ¿Cómo pudo Ilya dejar algo para mí, como si supiera lo que le iba a suceder, cómo...?

A menos que...

Lo abro.

*Lesya:*

*Nunca he escrito una carta. No creo que lo hubiera hecho si todavía tuvieras móvil.*

*He decidido quedarme. Ya lo sabía, lo sentía ayer por la noche cuando te dije que te vería hoy.*

*Creo que he estado usando mis prácticas en el hospital como tú el teléfono, como un medio de evasión. Creía que trabajar hasta la extenuación me libraría de los sentimientos negativos, de las obsesiones. Lidia me ha hecho darme cuenta de que no es así. Mi salud mental es mi batalla.*

*Aun con todo, me quedo. Si dejo aparte las acusaciones que me pueda hacer a mí mismo, sigo sabiendo en mi interior que tengo algo que aportar. Que puedo ayudar. Mientras me siga sintiendo así, este es mi sitio.*

*Mi familia lo sabe y ha aceptado mi decisión. También sabe que vas a ir a despedirte o a subirte al barco. Lo que harás en el muelle, eso solo lo sabes tú.*

*Esta no es una decisión tomada a la ligera. Pero tampoco permanente. Mi madre, por ejemplo, regresará cuando recupere fuerzas. Todos volveréis algún día. Tú también.*

*Porque, aunque no deba decírtelo, lo haré: vete con ellos, Lesya. No esperes más. Nadie te puede decir lo que es mejor para ti, pero estoy seguro de que, en tu estómago, lo has sabido al leer estas palabras. Si te han producido un retortijón de rechazo o, por el contrario, lo has deseado con toda tu alma. O has querido que alguien te obligara a hacerlo.*

*Tú te vas y yo me quedo. Cada uno en nuestro propio camino, hasta que volvamos a juntarlos.*

*Qué romántico suena todo esto escrito en papel.*

*Pero de romance ya hablaremos en otro momento, quizá. Cuando tengamos tiempo y futuro.*

*Me vas contando,*

*Ilya*

–Entonces, ¿está bien? ¿No lo ha matado una bomba? –pregunto. Me he reído en el último párrafo, pero se me ha anudado la risa en la garganta y ahora quiero llorar.

–¡No! ¿Por qué has pensado eso? Cayeron muy lejos de nuestra casa. Está bien –la agotada sonrisa de Marija me recuerda a la de Lidia de ayer. La mujer me tiende un brazo y yo busco refugio junto a su cuerpo. Natalia se ha mantenido a bordo. Tiene los ojos rojos de llorar.

Marija se asoma hacia mi cara.

–Todos hemos hecho nuestra elección, ¿y tú? ¿Te has decidido ya? –pregunta con suavidad, y no siento apremio ni curiosidad. Solo un profundo respeto.

–No –respondo.

Doy un paso y me subo al barco.

Los delfines nos abren el camino, saltando por delante de nosotros.

Es el mismo grupo que hemos visto los otros días.

Oleg pilota. Navegamos con la vela abierta y el motor apagado, para no molestarlos. Tenemos por delante unas cuantas horas bajo el sol inclemente.

Nadie habla.

A ratos lloramos.

Pero también reímos.

# EPÍLOGO

La oficina de correos solo abre por las mañanas y se montan unas colas impresionantes, así que mi madre y yo vamos juntas a primera hora. En esta ciudad, el asfalto nunca se enfría. Lo noto caliente a través de las suelas de las sandalias, a pesar de ser ya el primer día de septiembre.

–¿Qué piensas? –me pregunta mi madre, que camina a mi lado.

–Muchas cosas –le sonrío. Todavía estamos haciéndonos la una a la otra, a nuestras nuevas versiones. Me toca responder esa pregunta varias veces al día, y me esfuerzo por hacerlo con la mayor sinceridad posible. Sobre todo, porque yo se la devuelvo de vez en cuando–. Si el paquete habrá llegado bien. Que estás guapa con coleta. Y estoy algo preocupada con el inicio del nuevo curso.

Por toda respuesta, mi madre me pasa el brazo por los hombros.

Antes, me habría dado vergüenza ir abrazada a ella por la calle. Creía que ya era demasiado mayor para eso con el mismo convencimiento que ahora entiendo que nunca lo seré.

–Seguro que llega en perfecto estado. Ilya dijo que lo había protegido bien, y parece de los que envuelven algo para que nunca más se desempaquete –me tranquiliza–. Luego se lo dices tú misma.

No pierde la oportunidad de recordarme que hoy es el último día que hace de enlace entre él y yo, o que me presta su móvil.

Septiembre es un buen momento para hacer propósitos.

Solo tenemos dos personas delante en la cola de la estafeta. Entrego a la funcionaria los papeles que me acreditan como asilada y ella los mira por encima, desaparece en el almacén y regresa al poco con un paquete de papel de estraza marrón.

Firmamos y salimos.

–¿No lo vas a abrir?

–No, mejor ya en casa.

Mi madre conduce despacio –¡mi madre conduce!– hasta nuestro apartamento.

En casa, deposito mi preciada carga en la encimera de la cocina. Ella enciende la cafetera y alcanza algo de la balda de los platos. Luego, lo coloca junto al otro paquete.

El móvil que Ilya me regaló, todavía sin abrir, y que Oleg me entregó al llegar al puerto, al inicio de mi viaje en solitario.

–Esto parece un cumpleaños –bromeo.

–Deja de ganar tiempo –me dice ella. Se ha aprendido bien la lección de la psicóloga, que era solo suya y que ahora compartimos. Solo llevo diez días aquí, cuatro sesiones.

Voy.

Cojo aire.

Recojo el primer paquete y me pongo a abrirlo. Necesito unas tijeras para cortar toda la cinta adhesiva que lo recubre. Mi madre tiene que tirar de un lado y yo de otro. Dentro, papel de periódico, una bolsa de tela. Y, al fin.

Mi rinoceronte de peluche.

La única de todas mis pertenencias que lamenté haber dejado atrás cuando, casi sin pensarlo, me subí al barco de Oleg. No hay nada más que haya querido recuperar. Ilya tuvo que ir a la residencia a por él y mandarlo por correo. He vivido su tránsito como una migración más, aburriendo a mi madre para que comprobara a diario dónde estaba.

Ya es más de lo que han tenido mis padres mientras fui yo la que viajaba a su encuentro, atravesando media Europa para reunirnos.

Lo que he vivido en ese viaje incomunicada, los autobuses y los trenes, las horas de paso en las estaciones, la gente que he conocido en el camino, eso me lo guardo para mí. Sé que no es el viaje que querían que hiciera. Pero sí el que necesitaba.

–Lesya, el otro paquete –me recuerda con voz amable.

Está sentada en una silla alta de esta cocina, la mitad de tamaño de la que teníamos allí, y que sin embargo me gusta mucho más.

Saco el teléfono. Es un modelo sencillo, mucho peor que el que tenía. Mi padre me ofreció comprarme uno nuevo, de última generación, pero lo rechacé. Mi madre me apoyó.

También se ocupó de, no sé cómo, conseguir una copia de todo mi contenido. Y de redactar un contrato, que las dos hemos firmado, sobre el uso del teléfono. Un seguro, por si acaso, que ahora cuelga sobre la puerta del frigorífico, sujeto por un imán.

Introduzco la tarjeta y lo arranco.

Tecleo el PIN.

Configuro wasap.

Solo hay dos chats que me interesen, por ahora.

Primero, abro el de Ilya. Enciendo la cámara delantera, me aprieto el peluche contra la cara y disparo. Enviar.

Luego, abro el chat con Eva.

No me ha escrito nada.

Grabo un audio:

–Hola. Soy yo. Siento no haber dado señales de vida en tanto tiempo. He estado sin teléfono. He salido del país. Estuve una semana viajando por Europa hasta que me he reunido con mis padres en Madrid. Ha sido muy loco, y al llegar aquí, mucho papeleo, ya sabes, para la residencia, y ahora estamos mirando para matricularme en el bachillerato de un centro bilingüe. Te llamo en unos días y hablamos, ¿te parece? Lo siento de veras –repito.

Enviar.

–¿Cómo te sientes? –pregunta mi madre.

–Bien.

El teléfono suena. Es Ilya, que me devuelve una foto imitando la mía, solo que él abraza una bolsa de suero. Me río.

–Me voy a poner con lo otro.

Mi madre arquea las cejas. Se está lavando la taza del café. Tenemos una señora que nos ayuda con las labores de casa, Serafina, pero me gusta ese gesto de normalidad.

–¿Ya mismo?

–Como dice Sera, hay que coger el toro por los cuernos.

Me quedo en la cocina. Tengo una habitación propia que todavía no acabo de sentir como mía. La puerta de la calle se abre y Serafina entra como un vendaval. A partir de ahora, solo se oirá el ruido del aspirador por casa.

Este es el momento.

Abro Instagram.

Siguiendo mis indicaciones, Ilya colgó un breve texto, blanco sobre negro, anunciando el cierre indefinido de la cuenta @honramosanuestrosmuertos. A todos les prohibí que me leyeran ni un solo comentario.

Algo ya he aprendido.

Configuro una nueva cuenta desde mi recién estrenada dirección de correo electrónico. Esto también está recogido en el contrato con mi madre.

Primera publicación. Estoy tentada de coger la foto que me acaba de enviar, poniendo morritos y con la marca de una mascarilla todavía visible bajo los ojos, pero me atengo a lo que ya acordamos, al nuevo patrón. Una imagen de él de espaldas, irreconocible.

Y comienzo a teclear.

¿Por qué los humanos no somos capaces de apreciar lo que tenemos hasta que lo perdemos?

¿Por qué esperamos a un funeral para gastar las buenas palabras que no dijimos en vida?

Esta cuenta es un lugar dedicado a homenajear a las personas mientras pelean por encontrar su camino.

Por eso, hoy hablamos de Ilya, 19 años, estudiante de Medicina que trabaja como voluntario en el hospital local mientras lidia con cuidar de su salud mental.

Por eso #hoyhonramosalosvivos?

# AGRADECIMIENTOS

Gracias al jurado del Premio Gran Angular, por hacer realidad un sueño. A todos los trabajadores de SM que habéis cuidado esta historia para que, lector, llegue a tus manos. Paloma, coincidimos en Bedford con Grove.

Esta es una novela de verano, que se volcó casi sola sobre las páginas. No le hablé a casi nadie de ella; solo Edu y Víctor la leyeron antes de que comenzara su periplo.

En este momento, siento un profundo agradecimiento por todos los escritores cuyas historias me han acompañado desde que comencé a leer. Son demasiados para mencionarlos aquí, pero mi escritura no sería la misma sin todos los que me han precedido y me acompañan en la literatura infantil y juvenil.

Esta comenzó siendo solo una historia de un alguien que huía por el mar. Ilya llegó el primero, y con él los delfines. El mar es muy importante para mí, y de alguna manera me gusta que me acompañe en mis historias. Gracias a mi madre por llevarme siempre a la orilla.

Solo gracias.

MARINA AGUIRRE

Marina Aguirre (Burgos, 1990) es ingeniera de caminos, canales y puertos. Tras publicar dos álbumes infantiles, en 2017 ganó el Premio de Letras Jóvenes de Castilla y León con el libro de relatos *La pequeña de la casa*. Al año siguiente, recibió una Mención Especial en el mismo certamen por *Todos somos hijos*. Ha seguido escribiendo álbum ilustrado con la publicación de *Mil historias en la piel y La semilla del abuelo* (Bookolia, 2022 y 2023). En 2023 publicó también su primera novela infantil, *La factura de la gravedad* (Edebé México) y recibió el Premio Algar de Álbum Ilustrado por *Cuando nuestra casa se partió*. En 2024 publica su primera novela para adultos y su primera novela juvenil: *Sal del Faro*, en SM. Con la novela *Hoy honramos a los vivos*, se alza con el Premio Gran Angular del año 2025. Compagina su labor de escritora con la docencia de Matemáticas en Educación Secundaria.